著
日向雪
イラスト
鳴鹿

JN057594

紅の魔術師に全てを注ぎます。
好き。
聖女の力を軽く見積もられ
婚約破棄されました。
後悔しても知りません

TOブックス

第１章
婚約破棄

イラスト✦鳴鹿

デザイン✦Veia

第１章
婚約破棄

I put everything
I have into
the Red Wizard. Love.

第1話　もしかして婚約破棄？

「君との婚約は破棄する！」
アクランド王国の第二王子殿下が私を指さしながらとんでもない暴言を口にした。
嘘⁉
私の婚約者である王子殿下がゴミでも見るような目で私を見ている。
私はそっと後ろを振り返った。
音を立てて人が左右に割れる。
該当者らしき人はいない。
というか現時点で第二王子殿下の婚約者は私なので私が当事者以外の何者でもない。
ナニコレ？
現実？
何が起きているの？
私は茫然自失となりながら、今日のために買った既製品のドレスのスカートを握る。
既製品と言っても私の貯金から大枚を叩(はた)いた。
第二王子殿下の瞳の色に合わせたものだ。

思えば既製品のそれも自前のドレスを着ている時点でおかしい。

第二王子殿下の婚約者であるのに、出来合いのドレスって？

ファーストレディとまでは行かないまでも、王妃陛下、王太子妃殿下の次辺り、サードレディ⁇

つまり一応準王族になるわけだから、もう少し高貴な装いになりそうだが、王子殿下からはドレス、貴金属類等何一つ贈られていない。

ドレスを着ている首元を飾る物がないと大変悪目立ちしてしまうので、お店で一番安い物を購入した。

宝石って高いよね？

買うとき足が震えたわ。

それでも小さな宝石が付いているリボンタイプのチョーカーで、金や銀の台は付いていない。

そんなもの買えるかっ！　という話だ。

これも王子殿下の瞳の色に合わせた。

ついでに今日の王立学園卒業記念パーティーでのエスコートも受けていない。

何度かお手紙を差し上げたのだが、待てど暮らせど梨の礫（なしのつぶて）。

何の音沙汰もないまま当日になってしまった。

私はなんと王立学園寮から歩いてやってきた。

歩いてやってくる令嬢なんてそうそういない。

前も後ろも人なんて歩いていなかったわ。

ドレスを着て歩くのは、寒いわ足が痛いわで、かなり難易度が高かった。

ないないづくしの無い尽くしだ。

ここまでないといっそ清々しいくらい。

変だな？　とは思っていたのよ。

さすがの貧乏貴族の私だってドレスを着て歩いて行くことがスタンダードとは思っていない。

せめて辻馬車？

いやいやいや。

婚約者がお迎えに来てくれるのが貴族社会のルールだと思う。

十歳から六年間通った王立学園の晴れの日である卒業記念パーティーを前に、私は大変心細かった。

欠席しようかな？

でも行こうかな？

だってそれこそ私は六年間みっちり勉強と訓練に明け暮れたのだ。

最後に有終の美というか、良い思い出で飾りたかった。

それに第二王子殿下の婚約者が体調不良でもないのに休めるなんて思えなかったし。

でもまさかこんな……っ。

私は第二王子殿下の右横に寄り添うように立っているココ・ミドルトンを見やる。

大変可愛らしい顔立ちをしていた。

目は大きなくっきりとした二重で、目尻は甘く下がっている。
その顔を彩るようにふわふわの亜麻色の髪が揺れる。
こういう女の子って、みんな好きだよね？
羨ましいくらい女の子らしい容姿だと思う。
ちなみに私の目元は正反対に上がっている。
ええ、吊り目なんです。
若干ね。
人に大変きつい印象を与えると定評がある。
ついでに髪はドストレートの直毛銀髪だ。
微塵もふんわりしていない。
重力に従い、まっすぐに真下に伸びている。
その上、瞳は凍り付きそうな冷たいアイスブルー。
よく配色ブリザードとか言われる。
見ていて寒くなりそうな容姿だ。
氷河の上に生きる白熊とかペンギンとかそういった者達と友達になれそう。
もうなんかさ……容姿で既に負けた感が否めない。
亜麻色って暖かな色だと思う。
私は僅かに俯くと視界に自分の銀色の髪が入った。

ああいう子が、自分の婚約者の横に立っているということが不安。

こんな容姿だが私は一応聖女だ。

むしろこんな容姿だから聖女なのだが。

聖女の髪色は特定されていないが、基本的に淡い色をしている。

ローズブロンドだとか、光を溶け込ませたようなライトブロンドだとか。

私はシルバーブロンドで、私だけシルバーブロンドだ。

何故に？

とは思わなくもないが……今は触れるまい。

触れたら自暴自棄の扉が開く。

故に王立学園ではイレギュラーな聖女科（五人しかいないけど）に属していた。

王立学園は、魔法科と一般教養科からなる。

聖女科は大変イレギュラーというか、そもそも五人しかいない為、独立した科であることが驚きである。

座学なんかは魔法科と被ることもあり、魔法学科聖女コースというのが事実上のあり方な気がするが、魔法省と教会の仲が大変悪いので、教会の威信に懸けて独立した科になっているのだろうと思う。

聖職者様方はいつだって威信と権威ファーストです！

聖女科とはその名の通り聖女が属し、魔法科とは体内に魔力を有し、魔力顕現が可能な魔術師が属し、魔力を有さない者が一般教養科に属する。

なんとも身も蓋もない分け方だ。

一般教養科とは座学も実技も被らないどころか敷地が違う。

何故？　と思わなくもないが、カフェテラスすらも違うので接点は皆無だ。

顔も名前も知らずに学園生活は通り過ぎて行くくらいのものだ。

同じ学園であるというのが不思議なくらいよそよそしい。

しかも聖女科だけは実技の一部を礼拝堂（れいはいどう）で行う為、更に僻地コース。

学び舎が遠いこと遠いこと。

聖職者様方の威信は便利とは真逆の所にあって、大変不便ですよね？

主に生徒が！

そこをつけ込まれたかな？

どうなのかな？

私が何も知らずに勉学に励んでいたことを思うと、理由の一端ではある気がするけど。

学び舎が非常に遠く、一般教養科の日常は知るよしもなかったんだけど、ココ・ミドルトンの名前は知っていた。

聖女科にもその名は轟（とどろ）いていたから。

ではない。

私に個人的に手紙が届いたのだ。

初見だったが、丁寧な押し花のしてある綺麗な便箋に、年頃らしい恋のお悩みが書かれていた。

私は女の子友達と呼べる人がいなかったから嬉しかったのを覚えている。

だって聖女科って私の学年一人だったよ？


私がココ・ミドルトンという女の子からお手紙を貰ったのは、高等部五年の頃だったと思う。

ご自分の絵姿も同封してあった。

少し変わっているな？　とは思いましたとも。

いや初見の人にお手紙を書くのも勇気がいるものだが、絵姿って。

どう反応すれば正解？

まあ、自分の容姿的な何かに自信があるというのは伝わってきた。

そこには彼女の価値観が書いてあったように思う。

生まれ持っての特権である『魔法』についてどう思うか？

親の決めた『婚約』をどう思うか？

長かったね。

主観的な意見がびっしり便箋十枚はあったと思う。

呪いの手紙かと思ったわ。

生まれ持っての特権と言うのならば、男爵家令嬢という身分もその一つなのでは？　と思わなくもなかったが、わざわざは言わなかった。

聞きたくないだろうし。

返事は書いた。便箋一枚だけど……。

少なかったから呪われたの！

そう言えばその頃から、すれ違いざま「ヤセ」とか、「チビ」とか言われるようになった。

その後決まって、「ココ様は可憐で可愛らしい」とか、「女性らしい」とか続くのだ。

多分第二王子殿下の側近周りの方。

教養科からわざわざやって来た⁉

悪口を言うために時間を割いたなら天晴れだ。

私は白状します。

子供の頃は少年に間違われてもおかしくないタイプでしたとも。

髪が短ければ完璧だったろうね！

可哀想だけども！

「チビ」……。

この言葉は悪意を込めて、使ってはいけない単語だと思う。

落ち込むもの。

身長なんて自分ではどうにもならない。

人の世界は努力でどうにかなるものと、ならないものの二種類が存在している。

努力と云う名のものは、前者に注がれるのが健全な思考だ。

そうしなければ苦しくなってしまうから。


でもきっとこの頃には浮気の温床（おんしょう）は出来上がっていた。

アクランド王国第二王子殿下は、婚約者がいながら浮気をしていた。

そして、浮気をする自分を肯定したかった。

そのために、理由を相手に求めた。

婚約者が痩せているからいけないのだ。

チビで女らしくないから当たり前なのだと。

そんなことも知らずに、私は彼の瞳の色のドレスを買ってしまった。

大切な貯金を使って。

どうしよう？

彼はきっと迷惑だったに違いない。

嫌っている婚約者が、自分の色を纏うなんて。

ごめんね、気づかなくって。

そういう所も嫌われていたのかな？

少なくとも私は、自分の貯金で買ったものだけど、あなたのことを思いながら買いました。

その頃には、王立学園一の美少女は、ココ・ミドルトンだと謳（うた）われるようになっていた。

魔法科も聖女科もみんな知るようになっていたと思う。

もしかしたら。

美少女という噂だけではなく、第二王子殿下といつも一緒にいる仲の良い生徒という噂もあったのかもしれない。

本当はそちらの方が有名だったのかもしれない。

彼の瞳のドレスを着て、寒い中、コートも羽織らずに震えながら歩いた自分が情けなかった。

私は聖女訓練に明け暮れていたから、社交に疎かったのだろうね。

きっとそうなのだと思う。

アホらしい。アホらしくて泣けてくる。

私が毎日毎日聖女修行に明け暮れている間に浮気。

とんだ不貞王子じゃないか。

しかしこの国の王子は聖女と結婚するのが慣わし、婚約は第一聖女が王太子殿下、第二聖女が第二王子殿下と続くわけだ。

お陰で聖女科は王子妃教育というものまで内包していて、単位量がごつい。

国境が隣接している全て(すべ)の国の言語まで習う。

通訳でよくない?

よいでしょ?

癒し(いや)手のスペシャリストであるのに、語学や外交、経済や福祉。

ちょっと一介の聖女に色々求めすぎだって。

押しつぶされるかと思ったわ。

六年で五カ国語もマスター出来るか⁉

国の歴史である国史。

お隣の国の歴史である世界史。

地理、特産物、経営に統計学。

まだまだあるよ。

故に聖女科の生徒五人は（第一聖女様はご卒業になっているので正確には四人）勉強に追われ、くたびれ感が否めない。

聖女なのにキラッキラしてなくて御免（ごめん）なさい。

しかも王政学とは頭の使いどころが全然違う聖魔法。

傷に手を当てることで発動する、どこか教会の絵本とは違い、こちらめちゃくちゃ自然科学というか、物質変換式を瞬時に構築しなければならないのだ。

どっちかと言うと錬金術というか医学というか化学というか数学というか。

全部足して割った感じというか。

それを息をするように瞬時に出来るようにならなければならない。

いうなれば暗算だ。

よく出てくる構築式は暗記する。

そうでなければ暗算がエグ過ぎて、途中で頭が真っ白になるわ。

朝から実技も入れて十時間授業だ。
闇だ。
聖女科は闇だと思うよ。
その上課題をこなすから、二十四時間開いている図書館で日を跨ぐことだってある。
聖女科は六歳くらいから詰め込むのがお勧めだ。
十歳からじゃ間に合わないよ！
切実だったよ。
今考えてもあの灰色の学生生活はなんだったのだろう？　と思う。
恋愛をしている暇などなかったわ。
教養科が羨ましい。
私は愛も恋も魔法も生まれも便箋十枚分も悩む暇がなかった。
お返事は便箋一枚に、一分くらいで書いた。
時候のご挨拶と、お悩みなのですねという共感と、ではまたくらいの結びだ。
短くても心は込めたつもりだが呪われた？
しかし、あの灰色の学生生活を越えた矜持のようなものがある。
そうだ王子妃になるのだから仕方がない。
知らなければ王子が困る、国民が困る、そう思えばこそ乗り越えられたのだ。
中等部の三年生なんて今年留年した。

三年は二人居たが仲良く留年だ。

三年から四年に上がるのは結構シビアで聖女科の第一関門。

ココ・ミドルトンはこの鬼の聖女科コースを越えていない。

そもそも聖女じゃないのだ。

これいかに？

国王は聖女と結婚する。

これは建国からの慣わし。

何故なら建国王の妃が聖女だからだ。

王の隣にはいつでも聖女がいた。

彼の傷を治し、体力を回復し、王が王位に就く為、補佐をし続けたのだ。

王国七賢者。六大侯爵家の始祖プラス王となる。アクランド王国の侯爵家は六つ。炎、水、風、土、光、闇、六属性を引き継ぐ建国からの王の盾。これに雷の王を入れて七属性だ。

六大侯爵家の上位貴族は公爵家しかない。

公爵家は代々の王弟の家柄。

王族直系の分家に当たる。

王家に跡継ぎがいないなどの不測の事態には公爵家から養子を取るくらいの家だ。

連綿と続く慣わし。

ココ・ミドルトン。

彼女は聖女ではない。

聖魔法が使えない。

そこは——

「殿下、ココ・ミドルトン男爵令嬢は聖女ではありませんが、どうなさるおつもりですか？」

そうだよね？

ココ・ミドルトンは聖女じゃないもの。

私は婚約破棄されたりしない。

もう自分で自分を勇気づけるしかない。

顔ではボロ負け。

スタイルもボロ負け。

私は伯爵家なので身分は辛うじて勝ってはいるが、貧乏伯爵家である。

いわゆる名前だけでその実没落寸前だ。

「フン、楯突くとは生意気な。真実の愛の前では聖女か聖女ではないかなど些末（さまつ）な事。ココは気立てが良く愛らしい。それだけでお釣りがくるわ！」

嘘！

それだけでお釣りがくるの!?

私は盛大に突っ込んだ。

ちょっと体が震える。

聖女はそんなにお安い？

聖魔法使いだよ？

回復とか出来るんだよ？

（気立て＋愛らしい）－（聖女）＝お釣り、となると言われたのだ。

どういう計算？

気立てで怪我が治る？

愛らしさで病気は回復する？

気立てとは、良く気が付き他人を思いやれる性格ということだろうが、私が貰ったお手紙便箋十枚は、私を思いやった内容のものではなかった。

どちらかというとココ・ミドルトン本人を思いやった内容だったように思う。

『気立て』という言葉は、テストでは測りにくい。

つまりは所謂、人によって評価基準が違う不平等な世界の主観から算出される評価だ。

そして『愛らしい』。

確かに『愛らしい』は男の人にとって重要だと思うが、ココ・ミドルトンは私にとっては決して愛らしい存在ではない。

自分の婚約者と通じた人だ。

愛らしい訳がない。

万人に通ずる評価じゃない。

女性だから、特定の男性から評価を受ければ良い事かも知れないが、猫のような純粋な愛らしさとは違うのでは？　と思ってしまう。

そもそも王子殿下自身の口からそのような言葉が紡がれるのならば、『気立てが良く　愛らしい』者が王子妃の条件。

としておいてくれれば良いじゃないか？

そうすれば、あんなに辛い王子妃教育なんて受けずに、聖女教育に専念できたのだ。

聖女等級を受けたものに、選択肢はない。

聖女科に入学して王子妃になるしか道が用意されていないのだ。

思えばそれも随分極端な話になるが。

聖女になっても、コースは自由です。

魔法科でも教養科でも聖女科でも選んで下さい、と言われたならば、もしかして魔法科か教養科を選んだかもしれない。

けど多分、そういう世界ではないのだ。

魔法は国の礎。

アクランド王国の誇りのようなもので、そしてそういう精神的なもの以外にかなり実質的な国力を担っているのだ。

魔法科卒業者の囲い込みは凄い。

そして六侯爵家は実質他貴族とは扱いが違う。

私が今まで、自分の時間の多くを費やしてきた、聖魔法を『お釣りがくる』とはどういった了見なのだろう？

この国の一端を背負う第二王子殿下が言う言葉なのだろうか？

国を思い、苦手な構築式を手放さずに勉強し抜いた者に、一国の王子がする行為だろうか？

「そもそも王家には第一聖女妃殿下があらせられる。聖力の低いお前なんかいらんわ。フン」

第二王子殿下の口から出た言葉に開いた口が塞がらなかった……。

聖力の低いお前なんかって……。

あなたよりは高いです。

一応五人中二番目だ。そんなにすこぶる低い数字⁇

という訳でもない気がする。

もちろん、第一聖女様よりは低い。

けど、そこ馬鹿にする……？

確かに王太子殿下の妃は第一聖女様だ。

普通に私の先輩ですけども。

つまり、義理姉が第一聖女だから、私はお役御免ということ？

じゃあ何故、第二王子殿下も他の王子殿下方も聖女と結婚する慣わしなんですか⁉

国のルールに待ったを言いたい！

というか言ってほしい！

聖女には序列が存在する。
聖力の強さ、聖力の多さ、その他特筆すべき力。
これらが考慮され序列が決まる。
そして王太子殿下がその時期の序列一位の聖女と結婚する決まりだ。
王妃陛下も当時の序列一位の聖女になる。
その上で聖女と王子の年齢等を鑑みて婚約が決定される。
そう。
全ては政略結婚であり、聖女はもちろん、王子の意志すらそこには介入しない。
つまり、敢えて言うなら国の意志。
「国王陛下がお許しになるとは思えません」
私はアクランド王国最高権力者の名を口にした。
国の意志。
多分、建国王の意志なのだろう。
その意志を引き継いでいるのは現国王陛下のはずだ。
「国王陛下はお前の父ではなく我が父上だぞ。誰の味方かは火を見るより明らか」
「………」
それはもちろん国王陛下は第二王子殿下のお父様だ。
けれど父である前に一国の王であるはず。

だよね？

合ってるよね？

しかし、国王陛下はこの卒業記念パーティーに参列していらっしゃらない。

王太子殿下も。

つまりは、第二王子殿下よりも身分の上の者がこの場にいない。

終わった。

私の最後の切り札すら塵と消えた。

婚約は国の命だから、国が味方になってくれなければ、味方はいない。

第二王子殿下の目を見るのが怖かった。

だからだろう、私は涙目になりながら彼の隣に立つココ・ミドルトンを見るくらいしかできなかった。

「おお見苦しい。振られた女に睨まれてしまいました」

ココが縋るように第二王子殿下に助けを求めると、王子殿下が私をまるで汚物を見るような顔をして睨む。

ゴミから汚物へ格下げです。

もう下がるところありませんよね？

「出て行け！　そして二度とその顔を見せるな」

私は耐えていた涙が目尻に伝うのが分かった。

これ以上この場にはいられない。

せめて早いところ消えてしまいたい。

私は目頭を押さえながら、顔を隠すように下を向いて駆け出した。

第2話　涙の三日間

ドレスの割には速く走れたと思う。

そんな自分を褒めてあげたい。

私の卒業パーティーは散々なものとして終わった。

もう思い出したくもありません。

私は寒さに震えながら王立学園寮まで走って帰った。

せめてショールが欲しかったけど、そんな余裕はなかったし、馬車も待たせていなかったし、辻馬車を拾うなんて到底できない。

だって顔は涙でぐちゃぐちゃで、人と乗り合うなんて勇気もなかった。

ただただ早く帰りたかった。

そして誰も居ないところで泣きたかったのだ。

パーティー会場は針のむしろだった。

貧乏伯爵令嬢に手を差し伸べる者などいない。

皆が皆好奇の眼差しで私の一挙手一投足を見ていた。

満座の中で王族に指をさされて、こっぴどく振られる人間。

その姿を興味本位で見ていた。

私は頭から毛布を被って丸くなる。

ドレスとネックレスは帰ってすぐに床に脱ぎ捨てた。

今は寝間着姿でベッドの中だ。

私が何をしたというのだろう？

卒業生の晴れの舞台であるダンスパーティーで衆人環視の下、婚約破棄を一方的にされるなどあんまりではないか……。

生きていけない。

生きていく場所がない。

その日は明け方まで泣き明かした。

そのまま、三日三晩くらい泣き明かしたように思う。

三日目には涙も涸れ果てた。

そうすると忘れかけていた現実が目の前に迫ってくる。

私が住んでいるのは学園寮だ。

つまりは学生専用の寮で、そして卒業生は卒業後一週間でこの部屋を明け渡さなくてはならない。

人生詰んだよ？

どうしよう……。

元より貧乏領地には帰れない。

お父様お母様になんと言えばよいのだろう？

私が第二王子殿下の婚約者になった時、諸手を挙げて喜んでくれたのに。

あんまりにも申し訳なさ過ぎる。

領地に真実が伝わるのが怖い。

然りとて元婚約者は簒奪者と浮気中。

今頃きっとウフフアハハと楽しそうな時間を過ごしているに違いない。

二人の間を引き裂く邪魔者を完膚なきまでに追い払ったのですものね。

晴れて相思相愛の恋人同士ということになる。

もしこれが巷で流行っているロマンス小説だったら、私は多分悪役令嬢の位置ではないかしら？

そこまで考えると、涸れ果てたはずの涙がこんこんと湧いてくる。

二人の間を邪魔しよう等と思ったことは微塵もなくて、ただただ決められたレールに乗っていただけだ。

それも自分で決めたレールじゃない。

国が決めたレールだ。

しかしながら、そのレールから突き落とされてしまった。

私には何もなくなってしまったのだ。

婚約者も。

明日からの生活も。

決められた未来も。

どうしたらよいのだろう？

それに比べてココ・ミドルトンはやり手だわ。

自分の武器を良く理解していて、婚約者のいる第二王子をその魅力で落とした。

只者じゃない。

普通、婚約者のいる人間をターゲットになんて選ばないものだ。

教養科に在籍している以上、魔力はないことになるが、聖女でも魔術師でもないのに王子妃というポジションを狙うとは。

その強さというか権力欲というか真実の愛？　というか全部なのかもしれないが、不可能を可能にする力。

けど、真実の愛とやらは側妃では賄（まかな）えないものなのかな？

そうすれば誰も傷つかずに済むのに。

魔力というのは王族と高位貴族に遺伝しやすい性質がある。

遺伝しやすいというのは語弊があるかもしれないが、つまり建国期の六侯爵家が強い魔力を有する家系な訳だ。

元々庶民に魔力が高い家柄があったなら庶民に遺伝するのかも知れないが、黎明期に高い魔力を持っていた人間が賢者になった。

その者が貴族になった訳だから高位貴族に魔力待ちが多いという結果になる。

そして魔力持ちの貴族は魔力持ちの令嬢と結婚したがる。

そして魔力持ちの子供が生まれるという寸法。

もちろん長い歴史の中、例外などごまんとあっただろうが、そういう傾向にあるという話だ。

王家がその身の半分に必ず聖女の血を取り込んできたのもその証。

そして魔力が遺伝している証として、髪や目の色に特徴的な色を顕現する。

例えば赤髪に生まれると魔力属性が火となることが多い。

私は聖女で属性光。

更に光と相性の良い水が顕現している。

故にシルバーブロンド側に振り切っているのだろう。

水魔法を使う人間は碧や水色になりやすいのだが、光が混ざるとシルバーとなるらしい。

二属性が出ている聖女は私だけなので、正確なところは分からないが、細かな色味までとなると、
それこそ代々の血を考えなくてはならなくなる。

ちょっと見ない色だからか、他人に避けられること避けられること。

やれ性格が悪そう、やれ冷たそう、取っ付き難い、気位が高そう。

別にそんなこと無いって！

どちらかというと庶民的ですらあるのに。
悲しい。
友達すら満足に出来なかった。
そうだ心を入れ替えよう。
取っ付き易い伯爵令嬢ロレッタ・シトリーになるのよ。
特徴は貧乏。
特技は擦り傷を治すこと！
婚約破棄が玉に瑕だけど、お安くしときますよ？
どうですか？
よく働きますよ！
……当面の問題は、私の糊口をどう凌ぐかということだ。
早いところ次の寮？　を探さなければ。
四日後に野垂れ死ぬ。
貯金はドレスで無くなってしまったし。
換金する？
兎に角、既製品だが売りに行こう。
靴もアクセサリーも。
気持ちよく売り払って一から出直そう。

持っていたって悲しいだけだ。
ついでに売れるものは全部売ろうか？
そんな気分だし。
私に何ができるか分からないけれど、できることから探してみよう。
つまり就活だ。
結婚予定だったのでまったく就活をしてこなかったが、明日、職業安定所に行こう。
この際、メイドでもありだろうか？
贅沢は言っていられない。
住み込み三食付きが第一条件だ。
そうでなければ路頭に迷うわ。
そこまで考えるとやっと深く息が吸えるようになった。
長くて苦しい三日間だったけど、どうにかやり過ごせた。
こんなどん底なのだからこれ以上、下がる所なんか無いはずだ。
なんせ卒業記念パーティーで婚約破棄をされたのだから。
恥もここまできたらかき捨てね。
今日は沢山眠ろう。
そして明日、自分の人生をリセットするのだ。
もう身分の高い男には頼るまい。

金と自分を頼りに生き抜くんだ。

そして熱り（ほとぼり）が冷めたら貧乏伯爵家に帰って、ひっそりと生きよう。

もう二度と夢は見ない。


私は机の前に履歴書を広げて、様式を見ていた。

雇用主が雇用したいと思う履歴書とはどんなものだろうか？

まずは字を丁寧に書こう。

読むのに無用なストレスは与えたくない。

私は履歴書を書くのは人生初めてな訳だが、卒業と同時に就職を考えていた人間は書いていたように思う。

ただ聖女科は書いていない。

学年に一人だから分からないが、第一聖女の先輩は少なくとも書いていない。

進路が自動決定してしまうからだ。

貴族の嫡男も書いていなかっただろうか？

これは家の方針によりまちまちだった気がする。

嫡男でも何年か省庁に文官として従事する場合もあるし、騎士として武官になる者もいたかもしれない。

取り敢えず聖女科入学が十歳の春。

そのまま六年在学で卒業となる。

そこは工夫をしようもない所なのでそのまま記入。

卒業研究は『体内の魔力制御』。

魔力コントロールは非常に重要な部分で、私は体内の魔力量では第一聖女様に後れを取ったがコントロールは得意としていた。

体内の魔力を要領よく使いこなす技術だ。

これは二属性が顕現したことによって、外せない技術になったのだ。

水と光、相互に上手く使わないとあっという間に魔力が枯渇してしまう。

少ない力でそれなりの効果を。

平たく言うと省エネ研究だ。

平たく言うといまいちなので、履歴書には平たくは書かないこと推奨。

特技はなんだろう？

速読とかかな？

教科書関係はやたら速く読めるようになったが、これは雇用主の利益に繋がる力になるのだろうか？

マニュアルは速く読めるが、仕事ができるとは限らない。

うーん。

暗記ってのも特技と書くほどではないし、料理や掃除としとこうか。

なんせ貧乏貴族だったから、身の回りの事は全部自分でこなしてきた。

ついでに幼い弟の分もしていたくらいだ。

結構な特技と言えるかもしれない。

趣味は……。

勉強か？

いや趣味が勉強なんて売りにならない。

雇用主的にも。

ここは雅なご趣味ですね？　的なものが理想。

しかし、私ってこうやってみるとあんまり取り柄がないというか、ガリ勉というか、悲しいかな履歴書までグレー色だ。

もっとピンク色のハッピー人生を演出したいが、人生自体はグレーどころか婚約破棄で真っ黒なので、グレーを演出できればよしとする。

それで趣味は……園芸とでもしておく。

別にさ、可愛いお花とか育てた経験は全くないのだが、聖女科って広大な畑があるのよね。

そこで薬草なんかを育てているから、まあ畑仕事も得意な訳だ。

こんなところかしら。

あと資格。

資格……資格か。

なんかあった？

馬車の御者台とか上れないから御者の資格とか持っていないし。

でも取っておいた方が何かと便利な気がしてきた。

だって例えば盗賊とかが襲ってきて、御者が一番に狙われても、ご主人様、お任せ下さい。私も御者のライセンスを持っておりますので、なんて言って、胸のポケットからライセンスが出てきたら格好良いわよね？

いかにも使えるメイドという感じで……。

脳内妄想が違う方面に振り切ったところで、私は資格のところに、ポーション生成薬剤師免許F級と書いておいた。

SからFまで等級があるが、初歩の初歩F級。

聖女科は指定科目を履修するとF級が自動的に取れる。

唯一の売りね？

ポーションの単位を大学で追加するとD級まで取れる。

……取っておこうかな……。

就職ができて落ち着いたら単位だけ取りに週に一回大学に一コマだけ受けに行こうか？

むしろお金を貯めて夜間大学コースに通おうか？

ずっと自分の力を頼りに生きていくのなら、Ｆ級は少し心許（こころもと）ない気がする。

Ｃ級から錬金術師と呼ばれ、Ａ級は上級錬金術師。Ｓ級は特級錬金術師だ。

国にも数えるくらいしかいない。

格好いい！

流しの錬金術師！

それもありかな……。

食べていくのに一生困らなくなるし。

国から国へ渡り歩き、病人を治しながら報酬を得るの。

そしてみんなに感謝されて。

そんな脳内プランに陥ったところで、普通に流しの聖女で良くない？　と思い至って気勢がそがれる。

いやちょっと肩書き聖女って目立つのよね？

放浪生活には向いていないかもしれない。

やはりここは世を忍ぶ仮の姿として錬金術師という隠れ蓑があった方が便利だ。

そうだよ、聖女が放浪していたら、まるで国から婚約破棄された問題児みたいじゃないか……。

いや……まさにその問題児なのだが。

色気と真実の愛が無いため、婚約破棄！

みたいな。

ともすれば考えが心の傷をえぐる方向に行きがちになるので、思考をストップする。
兎にも角にも今は就職。
寝る場所の確保。
私は履歴書を書き終えると、いそいそと出かける準備をした。

第3話　職業安定所

シンプルな洋服に着替えて職業安定所に行く。
何を着てよいか分からなかったから、一応紺色のスカートと白いブラウスにしてみた。
思えば服も支給される職場が良いなと思う。
服代が浮くしね？
重要だよね？
つまり衣・食・住と全部浮くと嬉しいなということである。
結構厚かましい。
でも具体的に考えておいて損はないはずだ。
絞り込みやすいし。
職業安定所がどこにあるのかというと、公共機関が集まっている通りにあった。

教会だとか裁判所だとか王立学園だとか。

国の中心は王宮で、王族のプライベートエリアである内廷があり、その外側前面が外廷になる。

そこに各行政機関があり、城となる。

そしてその城の周りが準機関となる。

だんだん外側に薄く大きく広がって行く。

つまり学園や職安はその二層エリアにある。

意外に近い。

学園の学生課に行ってもよかったかもしれない。

今日見つからなかったら、明日は学生課に行って相談してみようと思う。

職安といっても、所謂(いわゆる)貴族対象の職安になる。

男爵とか子爵とか。

こぢんまりしていて綺麗な作りをしている。

ギリギリ貴族で良かった。

庶民だったら、もう少し厳しい条件だったかもしれない。

庶民用は冒険者ギルドの隣にあるので、ここで一週間見つけることができなかったら、そちらにも行く必要があるかもしれない。

何か、坂道を転がり落ちていくようで怖くなる。

何故に三日前まで第二王子殿下の婚約者だったのに、今は職安？

いやいやいや。

考えるまい。

私は受付で学生証を見せて登録した。

一応学生証の有効期限は寮を退出するその日まで。

これで使い放題⁉

かどうかは別にして、良い掲示があったら紹介してもらえる。

私は掲示板を目を皿にして見ていた。

募集が少ないのかチラホラしか貼っていない。

この中から、住み込みか寮完備を選ばなくてはならない。

住む場所が無いって虚しいわね。

ちなみにシトリー伯爵家のタウンハウスは賃貸として貸し出している。

財政がのっぴきならない状況なのだ。

背に腹は代えられない。

やっぱりメイドかな？

住み込みになるし、お仕着せもあるし、食事もついている。

そうと決まれば心優しい主人の家で、メイド長も優しくて、虐めなどはないところが良いな？

でもそういうのは目には見えない。

どうやって選ぼう？

選ぶほど募集はないのだが、目を血走らせながら掲示板を見ていると、同じく掲示板の前にいた青年にぶつかってしまった。

「っ！」

三日前はドレスで全力疾走をしても転ばなかった私だが、掲示物の確認に身を乗り出し過ぎ、その上周りが見えていない所為で、平らな場所で転びそうになった。

迂闊だ。

来たる衝撃に備えて目を瞑るという、何の解決策にもならない行動を起こして、私は宙に投げ出された。

衝撃が……来ない。

それどころか、ふわりと温かい何かに包み込まれた。

「え？」

「………」

恐る恐る目を開けて見ると、私は青年に抱き留められていた。

なんて温かい体なのだろう？

服越しに彼の体温が伝わってくる。

身に染みた。

人の温かさに飢えていたのだ。

婚約破棄されてから、人間不信になりそうなんだよね？

信じるに足る人と、信じられない人と、どこで区別すればいいのだろう？

切実だ。

経験則でしか生まれないのだろうか？

それとも人は何年経っても、痛い目に遭いながら、目の前の人の人となりを判断していかなければならないのだろうか？

第二王子の手痛い裏切りにあってから、本気でそういう技術はないのかと思ってしまう。

魔法に嘘発見魔術のようなカテゴリーがあったら良いのにな？

……開発できないかしら？

うーん。

物理魔法より精神魔法は百倍難しい？

けどさ、媚薬（びやく）とかあるよね？

あれは精神に作用しているのか、もしくはホルモンに作用しているのか？

ホルモンだろうなと思う。

その方が大変手っ取り早い。

媚薬なら開発は意外にいけるんじゃないかな？

でも法に触れるかな？

どうだろう？

精神魔法の領域は黒魔法だ。

媚薬もそこに含まれる。

そして黒魔法術師と言えば、古の六侯爵家つまり闇の魔導師を輩出する彼の家が専門だ。

伝手は全くないが、第二王子に媚薬を飲ませたらどうなるのだろう？

結構良い意趣返しになるのじゃないかしら？

ウフフ……。

私が悪そうに微笑むと、抱いていた青年は引いた。

御免なさい。

ちょっと思考の海に漕ぎ出していただけで、決して変態とかではありません。

ホントだよ？

「あ、あの。申し訳ありませんっ」

「………いま、悪そうに笑わなかった？」

「………」

「………」

助けて貰ったのに、悪そうに笑っちゃってゴメンなさい。

だって、昨日までめそめそ泣いているだけだったのに、名案（？）が思い付いてしまったというか……。

だってそもそも私悪くないし！

悪いのは浮気した王子だし！

なのに私が路頭に迷ってるって納得いかないし！

なんでわたしが卒業記念パーティーから逃げ出さなきゃいけないんだって話だし！

ちょっと三日経って、悲しみが怒りに変換され始めた。

「あなた様も職探しですか？　いや大変ですよね？　時期を逃した所為かめぼしいものは殆どありませんね？　私はこの『侯爵家三食付き侍女。魔法素養のある者優遇』にしようと思っているところです。でもこれ面接と履歴書提出と書いてあるんです。私、三日前に婚約破棄されたばかりで履歴が最悪なんですけどどう思います？　やっぱり当たって砕けろですかね？　でも私砕けて立ち直れる程、心に余裕が無いんですよね」

「………」

私は突然堰を切ったように喋りだした。

死人に口なしだ。

死んでないけども。

でも言わなかったら言った人の言葉に負けてしまう。

私は私の真実に従って喋ろう。

仮令王族という立場でも、やっちゃいけない事はあると思う。

王族は何しても許される傾向にあるのは確かだけど、私には魔法がある。

六年間魔法訓練に明け暮れた矜持がある。

負けるものか。

魔法は力だ。
七賢者は魔術師だったではないか。
王とて、魔術師の力が必要なのだ。
身分を盾にされたのだから、私は魔法を盾にしよう。
第二王子は自分が王子だから、あんな不遜な行動を起こしたのだ。
わざわざ嫌がらせをしたのだ。
真実の愛を貫きたいのなら、穏便に婚約解消すればいい。
なのにわざわざ弱い立場の人間に恥をかかせた。
私は一生結婚できなくなった。
疵ものだ。
なんと悪質なんだろう。
第二王子が病に倒れても回復魔法を使わない。
ここに誓う。
怒りが炎のように心の底から湧いてくる。
聖女ですが清廉とは程遠く生きよう。
今決めた。
悪には悪で。
善には善で。

後悔するがいいわ第二王子め！

べらべら捲し立ててから、初めて青年の顔を見た。

そして私はひゅっと息を呑む。

魔術師だ。

緋色の瞳をしている。

赤は紅の魔術師。

灼熱の炎を司る者。

これ程の純色をしている瞳にはそうそうお目にかかれない。

学園に紅の魔術師はいただろうか？

何個か上にいたかもしれない。

けれどS級クラスとは実技で重なることはない。

先輩な上に、Sクラスとなれば接点皆無。

分厚いローブを着ていて、フードを頭からすっぽり被った上に黒いマスクをしている。

瞳しか見えない。

大変な厚着です。

春ですよ？

暑そうですね？

しかし何故こんな所に？

紅(くれない)の魔術師はその魔術の質から引く手数多(あまた)だ。

なんと言っても攻撃魔法が段違いなのだ。

職安で掲示板なんて見なくても、魔法省でも魔法師団でもいくらでも就職口がある。

「よく喋るね……。まるで口から生まれたみたい」

「……」

紅の魔術師に嫌みを言われた？

魔術師はあきれたように私を見ていた。

瞳以外は見えないが仏頂面をしている気がする。

私の所為(せい)？

瞳の感じからは貴公子然とした雰囲気が伝わってきたが、口の利き方は意外にもぞんざいな感じがする。

ギャップあるね？

「仕事を探している訳じゃなく、労働者を募集している側だ。君が言っていたのは我が家が出している侍女募集の紙だ」

「へ？」

私は掲示板を凝視する。

エース侯爵家侍女募集。

エース、エース、エース……。

ゲシュタルト崩壊を起こしそうです。

ちなみにゲシュタルト崩壊というのは、エという字が分解して見えるというか、一部分だけバラバラになっているというか。

エース侯爵家ってさ……。

この国の建国の物語に出てくるよね？

絵本にも出てくるよ？

エース侯爵家というのは、古の七賢者の家柄。

火を司る紅の魔術師の直系貴族。

子供でも知っている有名な家柄だ。

火魔法の総領家。

有名過ぎて現実味が無いとすら思う。

雲の上というか、王族と同じくらい伝説化しているというか……。

あの掲示、エース家だったのね……。

名前の部分が抜け落ちてたな。

見そびれていたというか。

しかし、なんで押しも押されもせぬ筆頭侯爵家のエース家が侍女募集??

いやいやいや、それよりこの人が雇用主？

私、大丈夫？

どうでもよさそうな事、沢山喋ってしまった。

いや大丈夫。

喋ったのは心の中だ。

口に出たのは半分くらい。

セーフだ。

ここからが勝負。

態度も口調も改めて、是非雇って頂こう。

私は一瞬の間を挟んで床に膝を突く。

「あなたは大変魅力的な雇用主です。どうかこのロレッタ・シトリーを雇っては頂けませんか？」

履歴書と右手を差し出す。

両手を差し出した状態で変な姿勢になってしまった。

気にするな！

ドンマイ！

目の前の彼は茫然としていました。

ええ。

当然ですよね。

彼の手袋をした手は小刻みに震え、私の右手、ではなく履歴書を手に取った。

控え室というか、面接室というか、その場で職安の小さな部屋に案内された。

小さいと言っても、ソファーとかローテーブルが在り、職安の方がお茶を入れてくれる。

紅茶だ。

至れり尽くせりだね。

貧乏でも貴族で良かった。

大変貧乏だけど。

というより借金とかもあるけど。

領政というのも奥が深いわよね？

なかなかね……。

うちの父親悪い人ではないと思うんだけど？

むしろ良い人なのがいけないのかしら？

雪だるま式に借金が増えていった。

なんというか、芸術家肌の人だから、実務がとんと駄目なんでしょうね？

弟はしっかり教育しないと。

マジで滅ぶわ。


目の前でソファーに腰を掛けていらっしゃる侯爵家の方、あの緋色の瞳からしてエース家の直系の人間だと思われる。

ここで執事だと言われてもびっくりだ。

でもローブを着た執事なんていないだろうから、侯爵家の方だろう。

傍系の護衛ですと言われてもやはりびっくりだが、誰の護衛もしていないので違うだろう。

いや普通に考えて当主の息子だ。

長男か次男か三男か四男かは分からないが。

しかし、長男がわざわざ自ら職安に出向くかしら？

妾（めかけ）の子かしら。

妾の子も当然当主の血が入っているので、緋色の瞳は遺伝する。

しかし、妾が高い魔力持ちというのは少ない。

当たり前だが当主の正妻の方が身分が高い良家の子女だからだ。

つまりやはり本妻の子かしら。

でも五男とかかもしれない。

それで今は家の補佐でもしているのかしら？


私は何故か目の前で失礼千万な事を考えていた。

だってね……目の前エース侯爵家の方ったら、履歴書を見たまま固まってしまったのよ？

ピクリともしないのよ？

時間だけが過ぎて行くよ？

紅茶が冷めちゃうよ？
私、飲んじゃって良いのかな？
でも目の前に面接官がいるのにお茶は飲めなくない？
どうぞと勧めてくれないと飲めません。
こんなところで心証悪くしたくないし。
だからきっと紅茶は常温ティー行きなのでしょうね？
それならそれで良いかしら？
春だしね。
しかも紅茶の横に茶請けが付いている。
おいしそう。
焼き菓子だわ。
久しく食べていない。
食べたいな？
職安は意外にサービス良いのね？
いや面接官が侯爵家の人間だからか？
身分差はいつでも切ないわね。
しかしこれも面接官の前では食べられない。
勧められないと無理。

待とう。

普通に待とう。

私、時間だけはたんまりあるし。

いやたんまりと言っても、暇というだけで、寮から追い出されるタイムリミットはあるのだが。

出来ればこの面接の結果は早めに教えて欲しいな？

検討して後日となったらどうしよう？

普通は私の身分とか事情とか調べそうだから、一週間後にお返事とかなのだろう。

無理無理無理無理。

待てないって！

しょうがないからその辺の事情も説明させてもらおう。

詐欺みたいで恥ずかしいが、詐欺じゃないし、ただの事情だし。

住む場所なくなっちゃうし。

第4話　面接中ですが、緋色の魔術師がフリーズしています。

「……聖女科」

紅の魔術師がポツリと呟いた。

動き出しました！

良かったです。

「王立学園聖女科卒業見込みと書いてあるけど」

「はい！　聖女科卒業見込みです」

正確には三日前が卒業記念パーティーなので、もう卒業でよかったのかしら？

でも学生証の有効期限四日後だし。

一応見込みで。

「……聖女科って……」

紅の魔術師はまた言葉を失った。

固まらないで下さい！

戻って来て！

「……聖女科在学生は第一聖女が卒業してから四名しかいない。第三第四聖女は留年。第五聖女は休学中……ということは……」

彼は履歴書を見つめながら、若干手が震えている。

大丈夫ですか？

聖女の履歴書想定外ですか？

「あの、私、婚約破棄されたんです」

「………さっきも、そんなような事を口にしていたね」

「そうなんです。三日前に第二王子殿下から」

そこまで言うと、紅の魔術師が熱い紅茶を噴き出した。

ギャーッ
熱い⁉

私の顔面に直射したから、顔に水魔法を展開した。

紅茶なので熱いだろうと思い、急ぎ水魔法を展開したのだが、良く考えれば口に含める熱さなので、それ程でもない？　かな？　と後から思い至った。

でも、まあ、一応？

冷めているという程ではない。

体感五十度程度というところ。

うん。保険展開だったし。

水魔法は反射で展開してしまったが、聖魔法は自重してみる。

それを見ていた紅の魔術師は紅茶のカップを落とした。

カップは床で真っ二つに割れる。

不吉！

割れたわ。

大丈夫ですが、魔術師さん。

動揺しすぎですよ？

「第二聖女！？！」

職安の秘密の部屋に、紅の魔術師の大音声が響き渡った。

いやいやいや。

さっき自分で絞り込みしてましたよね？

第二聖女って分かってましたよね？

そんなに驚かなくても？

振られれば誰だって就職活動くらいするよ？

だって働かなきゃ食べていけないし。

お腹も空くし？

「……国が滅ぶ」

「え？」

「…………」

そう言ったきり、魔術師は頭を抱えた。

「馬鹿だ馬鹿だと思っていたが、双方向に馬鹿だった……」

「……」

今、私のことディスった？

双方向に馬鹿ってどうゆうこと？

まさか私と第二王子殿下のこと？

あの馬鹿と一緒に括られるなんて心外なんですけども？

「つまり、三日前の卒業記念パーティーで第二王子殿下に婚約破棄を言い渡されて、今日、職安に来たと」

「そうです。その通りです」

理解が早くて助かります！

さすが紅の魔術師！

国の宝！

「で、第二聖女ともあろう君はそんな戯言を真に受けたと」

「え？」

「や、だから、王子殿下の戯言を真に受けたという事だよね？」

「戯言？」

「戯言以外何？」

「いえ、戯言じゃありません。本気事でしたよ？」

「卒業記念パーティーで婚約破棄なんて、狂気の沙汰だ。戯言としないと処理できない」

「少なくとも、王子は本気でしたよ？」

「王子は本気でも国王陛下にとっては戯言だ」

「そうですか？」

「そうだろう。正式な婚約破棄証が出ているか調べてみるが、出ていないと思うぞ」

「……」

やはり国王陛下はご意見が違うということか。

私は下唇を噛んだ。

「国王陛下がどんなご意見をお持ちかは、私には分かりません。正式な婚約破棄証が出ているかどうかも分かりません。ですが私は大勢の貴族が集まる卒業記念パーティーで衆人環視の下、第二王子殿下に惨めに振られたのです。あれは事実以外の何ものでもありません。間違いなく現実です。現実は巻き戻ったり無かった事にはなりません。私は聖女の信念に懸けて、復縁することなど望みません。ここだけの話ですが、二度と夫とは思えないのです。無かった事にされたら、私は他国で流しの聖女になります」

「この国を敵に回す気か、発言には気を遣え」

「……すみません」

紅の魔術師は、深い溜息を吐いた。

けどさ、発言に気を遣えってさ、あなたもさっきから王子とか敬称無しだし、王子のこと馬鹿とか言ってるし、結構？　だと思うよ？

不敬度合いは私と変わらないわー。

しっかし紅の魔術師って偉そうね。

身分は王子より下だよ？

圧倒的に。

少なくとも上に公爵家があって王族がトップだ。

公爵家は王の親族と考えれば、まあ、行く行くは第二王子より下？

と自信を持って言えるほどでもないけども。

王家の親族を抜けば、事実上のトップが六大侯爵家になるから、貴族ではやっぱり一番上になる。

まあ、建国時の王の右腕だものね？

ちなみに炎の魔術師は六大侯爵家の中でもトップの序列。

立場的にも権勢的にもトップ中のトップだ。

それは建国語りを読めば分かるのだけど、王と炎の魔術師は一番最初の盟友だからだ。

分かりやすくいうと、泥沼の時代に一緒に立ち上がった親友という位置になる。

この建国語りの六人の賢者が格好良いんだよね？

挿絵が入っているのだけど、みんなイケメンで魔力も桁違い。

そろそろ読み直そうかな？

定期的に読み直す名作リストに入っている。

「事情は分かった。色々調べてみるから、取り敢えず、この履歴書は預かっておく。以後の就職活動は自重して返事を待つように」

「いえ、困ります。私、四日後に寮を出なければならないのです。路頭に迷います。今すぐ返事を下さい」

「…………」

数分後、私の雇用先はあっけなく決まった。

第5話　紅の魔術師の熟考

紅の魔術師こと、ルーシュ・エースは貴族の総本山と言うべきか、もしくは魔術師の総本山と言うべきか、六大侯爵家の中でも筆頭のエース家に生まれた。

そこの長男である。

長男と言っても基本的に魔法省の長官になる家柄の為、領地には帰らない。

領地を継ぐのは長男であるが、次男が名代(みょうだい)となる。

退官するまで事実上領政に関わることはない。

学園に入ったが最後、領地に帰るのは休暇か急用かというくらいである。

なので基本的に王都のタウンハウスで過ごすのが日常だ。

そもそも六大侯爵家の領地は全て辺境である。

当たり前だが国防を担っているからだ。

境界は海か隣国か。

海よりも国境線の方が圧倒的に危険な訳だが、エース家は代々一番の魔力持ちが長官になる家柄の為、海に面した領地を治めている。

海と炎は相性が悪そうに感じるが、船の帆など燃やせる部分は沢山あるので、そんなに悪くはない。


何が言いたいかというと王都から遠いということだ。

海沿いであるが故に、王都の次に大きな都市だ。

本来は王の直轄地にした方がよいくらい重要都市な訳だが、領政が複雑な上に距離が遠く目が行き届かない。王家の直轄地にするには負担がかかるため、エース家の領地になっている。

今、治めているのは祖父と叔父である。

次子は学生であり、四子はまだ学校に上がる歳ではない。

なのでタウンハウスにはルーシュと兄弟、そしてエース家当主であり魔法省長官の父と、その正妻である母が暮らしている。

母と学園に上がる前の子は領地の城と王都のタウンハウスを行ったり来たりしている。

ルーシュは学園を卒業してから、離れを一つ貰っていた。

魔法省の仕事は時間が不規則だし、ゆっくりしたいという理由を付けて本館から離れたのだが、もちろんルーシュ付きの侍女とメイドは付いてくる。

あまり大げさな人数は遠慮したかったが、少なすぎても微妙に不便。

侍女の一人が実家に戻り結婚退職するというので、今回公に募集を掛けてみたのだ。

基本的には親類や紹介でしか受け付けないものなのだが、そうすると魔法素養のないものになる。

あるものは学園に上がり魔法関係の職種に就くか、女子でも家を継ぐ。

長男が継ぐのが貴族の慣例だが、魔術師の家柄の貴族は魔力量で跡継ぎを決めるのが暗黙の了解となっている。

魔法素養というのは気を付けていても年々弱くなっていく。

魔力量の多い者は他家には出したくないのが心情のため、同量の魔力持ちの子女と婚姻交換になる。

魔術師の家は基本正妻の子に強いこだわりがある。

魔導師同士の婚姻が魔力の遺伝に重要だからだ。

それ故、市井の中で突如魔法を発現した者は、平民でも養子か妾にする。

そのため、領地では孤児院を経営している貴族が殆どだ。

孤児の魔力持ちを逃さないためだ。

大変露骨な話だが、それくらいこの国では魔力を持っているか否かが重要になってくる。

王家などその最たる例だ。

建国の王の妻が聖女だったことを逆手に取って、聖女の囲い込みをしている。

絶対に逃さないという強い執念を感じる。

王家の血統継承は雷だ。

建国の王が雷と剣のハイブリッドの魔法剣士だった。

雷は攻撃魔法では火と双璧を成す強さなのだが、これが大変に遺伝しにくい。

全くといってよいほどだ。

今期の王族では王太子殿下にしか遺伝していない。

王の全てが雷の魔法を使える訳ではないのだ。

王子は妾腹を含め五人いるが、雷を使えるのは一人。

第二、第五王子は魔法素養を持っていない。

そこを補うために妃は必ず聖女な訳だ。

聖女は王子の数だけ王家が所有できる。

仮令(たとえ)魔力のない王子であっても、妃が聖女であるならば、聖女の確保に大変有り難い存在になる訳だ。

子に魔力が遺伝する確率もある。


第二王子は一体何を考えているのだろう？

自分の立場を何も理解していないのだろうか？

ハッキリ言って、魔力が無く、聖女とも結婚しない王子というのは大変危うい立場ではないか？

馬鹿に違いない。

王宮は何の力も無く生きていける場所ではない。

馬鹿な上に卒業記念パーティーで婚約破棄を言い渡す等、単純な上に性格も驕慢。

救いようがない。

ルーシュがそう思うくらいだから陛下は開いた口が塞がらないだろう。

第二聖女を逃したのだ。

第一聖女に比べれば第二聖女は二番手と感じるかも知れないが、今期の聖女の中ではワンツーが飛び抜けていると聞いている。

その上、実は大変な僅差であるとも。

ルーシュ自身も目の当たりにした。

紅茶が顔にかかった時、魔法展開をしたのだ。

しかも水魔法。

水魔法を持っている聖女は第二聖女のみ。

そうそう出ない。

むしろ建国王の妃が水魔法も使えたという伝説があるくらいだ。

普通、顔に紅茶が掛かったくらいで、魔法展開なんかしない。

ハンカチで拭くだけだ。

なのになんだあの気軽な展開は？

展開式の構築が異常に速いのだ。

息をするように魔術を使える者。
びっくりし過ぎてカップを落としてしまった。
職安には新しいカップを贈ろうと思う。

早急にこの案件を適所に相談する必要がある。
そうでなければエース家が不当に囲い込んだと思われかねない。
いや別に思われてもよいのだが。
それくらいの価値がある。
上位聖女は王家が囲い込んできただけあって、滅多に一般貴族に流れない。
もうエース家で雇用したのだ。
返せと言われても返さないつもりだが、正当な言い分が必要だな?
取り敢えず王太子に会ってくるか。
同窓な上に悪友だし。
正式な婚約破棄証が欲しいところ。
そうと決まれば公然と訪問し、記録を残すため先触れでも出しておくか。

……しかしな……。
エース侯爵家嫡男であるルーシュは王宮の回廊を歩いていた。

ここ数日でシトリー伯爵家の事情と、今期の王立学園の卒業記念パーティーで何があったかは大体分かった。

別に出席してもよかったのだが、特に主役でもない訳で、いてもいなくても同じだからと思い欠席した。

ちなみに王太子も国王も参加していない。

せめてどちらかがその場に居てくれたなら、結果は違っていただろうにと思う。

当然その場で諫(いさ)められるし、第二聖女がフリーになるなんてことにはならない。

第二王子が嫌だというのであれば、棚ぼた式に下るだけだ。

第三王子の婚約者になる。

第三王子の婚約者は今のところ、第五聖女な訳だが、第五聖女は第四王子の婚約者になりスライドしていく。

第五王子の婚約者は確定していない。

来期の第一聖女と婚約する可能性が高い。

そもそも十年一括りで聖女の等級が決まるから、まだ学園に上がっていない第五王子は来期の聖女でも年齢的に問題ない。

少々問題が出てくるのは、王子ではなく聖女の方が年上になった場合だ。

一桁ならばそうそう問題はないのだが、二桁は苦しくなる。

それは子を産むのが聖女のため、あまり高齢になると難しいという理由だけなのだが。

聖女は適齢期に入ればすぐに嫁ぐのが好ましいとされている。

もしも第三王子と第五聖女が上手くいっているのであれば、第四王子が娶ればよいだけだ。

第三王子と第四王子は今期十四歳の双子。

顔も髪の色も同じ王妃陛下の御子。

王太子と同腹の兄弟だ。

第二聖女の方が年上になるが許容範囲内。

確か第四王子の婚約者は決まっていなかったはず。

少なくとも公にはしていない。

普通に考えれば来期の聖女な訳だが、来期の聖女はまだ正式に発表されていない。

聖魔法が顕現している家はいくつかあるはずだが、等級判定までは行っていないのだ。

魔力量や属性検査、等級が確定するのは、少し先の話。

婚約者を確定するのは早計なのだろう。

王家としては大変に悩ましいことなのだが、血統を考えれば聖女は王家直系に一番出やすい。

当たり前だ。

王妃が聖女なのだから。

しかも正妃陛下の御子に出るのが基本。

そこもやはり血筋的なものだ。

その上、聖女とはいうものの、聖魔法は男児にも出る。

つまりは聖女の半分は自動的に王族の子女。

そして今期は第三王子と第四王子が聖魔導師の中でも魔力が一定基準値以上の聖女だ。

等級判定後男子でも公式扱いは聖女となる。

第三第四聖女。

これは神が聖女を聖女として認識しているためだと言われているが、便宜上は第三聖魔導士、第四聖魔導士と呼ぶことが多い。

聖女は神の愛し子なのだとか。

まあ同じ遺伝子を持って生まれた双子だし、力も同等になる。

同等なのはよいが揃って留年しなくとも……。

王族が留年って……。

大変残念な感じだが、聖女科はそれだけ厳しいのだろう。

魔法科Ｓクラスも結構厳しいが……。

王太子は留年しなかったぞ？

あいつは要領が良いからな。

雷の使い手だし。

雷の顕現は聖魔法よりも珍しい。

そうこうしていると王宮のラウンジに着いた。

ここで王太子と約束をしている。

俺が入れば、王太子宮に知らせが行くだろう。

茶でも飲みながら待てばよいだけだ。

第6話　紅の魔術師と王太子

「やあ」

ラウンジに着くと王太子であるシルヴェスター・エル・アクランドその人が既に席に座り優雅に紅茶を飲んでいた。

何故いる？

俺の到着を待ってから来い。

これじゃあ王太子を待たせた不敬な貴族にしか見えないだろうが。

「この紅茶、凄く良い香りがするよ？　発酵の長さが違うのかな？」

「……どうなんだろうな」

俺は適当に相槌を打つ。

マジでどうでもいい。

王太子であるシルヴェスターは、侍女にルーシュのお茶を入れたら下がるように伝えていた。

人払いな。

一応勧められた紅茶を飲む。

確かに香りと味が違うな？

発酵の長さだな。

「ところで、彼(か)の第二聖女殿は、エース家に逃げ込んだらしいじゃないか？」

この王太子、当たりも柔らかく金髪でいかにも王子然とした容姿なのだが、くせ者だ。

ちなみに目が光を思わせる強烈なイエローなのは、雷の魔術師だからだ。

王妃は薔薇(ばら)色をしていて、陛下は飴(あめ)色。

つまりは隔世遺伝。

初代国王がやはり金色の瞳をしていたと聞くし、雷の魔術師はどの肖像画も金色に描かれている。

「人聞きが悪い事を言うな。職安でエース家の出していた募集に応募して来ただけだ。職員に確認を取ってみるがいい。証拠は堅いな」

先日五組の陶磁器を贈っておいたし、ルーシュと第二聖女の遣り取りは目立っていたから、当然憶えているだろう。

「……エース家が侍女募集？」

「実験的に出していた」

「ほう？　何の実験」

「魔法素養のある者が掛かるかどうかだ」

「掛かる訳がないだろう」

「……掛かっただろう」

「………びっくりだ」

王太子が吃驚だと言うのは分かる。

俺だって吃驚だ。

吃驚し過ぎて紅茶を聖女の顔めがけて噴き出したくらいだ。

なんで聖女が就職活動をしているんだ。

「そちらの不手際だろう。なんなんだあのお粗末な卒業記念パーティーは？」

「……ホントに。僕だって吃驚だ。陛下は言葉を失っていたよ？」

まあ、そうなるよな。

それが真っ当な反応だろう。

「第二王子は卒業を待って第二聖女と結婚する予定だったんだよ？　それが卒業パーティーで『真実の愛に目覚めた。第二聖女、お前との婚約は破棄する』と。沢山の貴族が見ていたからね。情報なんて集めなくても、向こうから入ってきたよ」

通称『真実の愛事件』という名で今も城下を駆け巡っている。

大変なスキャンダルとして知らぬ者はいなくなった。

もしかしたら子供でも知っているかも知れない。

人の口に戸は立てられないからな。

そういうものなのかも知れない。

なんせ出席者が全員見ていたのだから百人単位だ。

ついでに給仕のものや衛兵、楽師、みんなもれなく見ている。

「僕はね、第二王子が言った全文をもれなく暗記しているくらい再三聞かされた。腹違いといえ弟が、おも、笑え、いや、とんでもない事をしでかしてくれたお陰で、事後処理が大変なんだよ」

今、面白い事、笑える事、と言ったのか？

不敬だぞ？

「第一声は『君との婚約を破棄する！』だ。卒業記念パーティーでだよ？　信じられない珍事件だよ」

お前の血の繋がった弟だよ。

珍事件ってなんだよ。

「その上『真実の愛の前では聖女か聖女ではないかなど些末（さまつ）な事。ココは気立てが良く愛らしい。それだけでお釣りがくるわ！』と言い放ったらしい」

王太子、マネをするな。

マネはしなくて良いだろ。

声色（こわいろ）まで作るなよ。

「男爵令嬢ココ・ミドルトンと第二聖女じゃ比べものにならないよ。お釣りどころか借金だね。一代では返しきれない程のね。男爵という後ろ盾の心許なさ、魔術素養のなさ、気立てと可愛らしさじゃ重さが違う。そもそも男爵家令嬢ココ・ミドルトンは気立てが良くも可愛くもない」

「知っているのか？」

「知っているとも。僕らの二個下だ」

「それは知っているが。有名だったか？　ココ・ミドルトン」

「有名だったよ。主に王族ハンターとして」

「つまり王子を狙っていたと」

「そういうこと」

第二王子はハンターにハンティングされた訳だ。

見事に……。

それは汚名以外の何ものでもないな。

ハンターか……。

つまりは王族との結婚を望んでいる子女となる訳だが……。

無謀だろ？　と普通は思う。

王子の妃は聖女だ。

魔力のない男爵令嬢がどうやってハンティングするのだろう？

大公つまりかつての王子辺りでも難しい。

側妃だったらワンチャンありかもしれないが。

そこを目指すのが一番手っ取り早いと思う。

「お前、ハンティング対象だったの？」

王太子にお前とはぞんざいな言い方だけど、同窓だし人払いもされているから気にしない。

「もちろん。王太子だよ？　彼女の好きそうな地位だよ」

ココ・ミドルトン凄いな。

王太子に秋波を送った後、脈無しと判断して、次に第二王子に攻め込んだことになる。『真実の愛』？

というよりはもう露骨な程の栄耀栄華狙いのようだが、分かりやすいといえば分かりやすい。

「Sクラスにわざわざ来たのか？」

それなら見たことくらいはあるはずだと思う。

「ああ来たさ。わざわざ教養科のクラスから。上級生のS級クラスに来るなんてよい度胸というか形振り構っていないというか。ああいう子が好みの男子はいるのだろうが、僕はピクリともしなかったね」

「……なんで？」

「なんでって分かるだろ？　学生なのにこれでもかと化粧をして、体のラインを強調するような制服に改造して、盛り過ぎだろ。男を落とすための手管満載だ。ドン引きレベル。そしてわざと僕の前で転ぶんだ。わざわざ王太子の前にスタスタ歩いてきてだよ。何もない所で『きゃ』と言って僕の胸目がけて」

「………」

「ああ、怖かった。背筋に寒気が走った」

「まさか避けたのか？」

「……さすがに体面上避けるのは不味い。一応外面的には非の打ち所のない王太子という体でいるからな」

「そういう体でいるんだな」

「横に居た学友が代わって彼女を支えてくれたよ」

「それはそれは」

王太子の周りには将来の側近となる学友が囲んでいる。

俺も同じクラスなのでメンバーは全員知っている。

「それ以来、気を付けて学園生活を送っていた」

王太子が一人の女子生徒と接触しないように気を付けて学園生活を送っていたのか。

凄い存在感だなココ・ミドルトン。

朧気ながら、茶色のふわふわした髪の生徒が廊下をうろうろしていたのを思い出す。

誰かの妹？　と思っていたが王族ハンターだったんだな。

上位貴族とか狙った方が可能性が高くないか？

「ある時期からまったく来なくなったな。ターゲットが第二王子に移っていたんだろう。身分的には第三第四王子の方が高いが、そもそも第三第四王子達は取り付く島もないだろうし」

「確かに、第三第四王子は非の打ち所のない王子は装ってないな。留年したし」

「……留年。同腹の弟が留年」

「王族が留年って……」

そこで二人ともシンとなる。

「第三第四王子は勉学が苦手なのか？」

「そんな筈はないだろ。子供の頃からどれだけ家庭教師を付けていると思っているんだ」

「……だよな」

「そういえばココ・ミドルトンも勉学が苦手でね」

「調べたのか？」

「ああ調べた。十歳まで市井育ち。学園に上がる直前に男爵の家に引き取られた。男爵とメイドの子らしい」

「まあ、それなりによくある話だな」

「よくある話だ。だが男爵はかつてのメイドにしっかり生活費を送っていたらしくてね。豪勢な庶民だったらしい。簡単に言うと『私は貴族の子だから。貴方たちとは生まれが違うのよ』というような傲慢な庶民だったらしい」

それは大分痛い庶民だな。その痛さが今のココ・ミドルトンに繋がるのだな。

「そのココ・ミドルトンが卒業記念パーティーで第二聖女に言った台詞を知っている？『おお見苦しい。振られた女に睨まれてしまいました』だって。見苦しいのはお前だって。婚約者のある人間に言い寄って奪ったんだよ。略奪だよ？　どの面下げて卒業記念パーティーを最後まで楽しんで行ったんだろうね？　この件は一言一句変わらず芝居小屋で演目になること間違いなしだね。僕は半年後とみる。もちろんお忍びで観に行くつもりだ。一緒に行くか？」

しょうもないものに誘うなよ！　行くけども。

「我らの第二聖女に酷いこと言うよね。許せないな」

「いつから我らの第二聖女になったんだよ！」

「学生時代からだよ？　僕は暇さえあれば聖女科の実技授業を覗いていた」

「嘘だろ？」

「ホントだ。僕が聖女フェチなのは側近の間では有名だ」

「…………」

「第二聖女はさ、あのシルバーブロンドに凍て付くアイスブルーの瞳が良いんだよ。クールな容姿に魔法展開の速さも相まって、フェチ心をくすぐるんだ。ファンとも言う」

「ファン⁇」

「そう」

「王太子は第二聖女のファンだったのか」

「大ファンだよ」

えー。

なんでそうなるんだよ？

俺は職安で転んできた第二聖女を思い出していた。

クール？

クールではないだろあれは。

うっかり系にしか見えなかったが。

「つかぬことを聞くが、第二聖女が何も無いところでお前の胸目がけて転んで来たら、どう対応するんだ？」

「第二聖女がそんな女狐みたいな手口を使うわけないだろ」

どこまで信頼しているんだ？

第二聖女のこと。

「いや、もちろんそうかも知れないが。もしもの仮定として考えてくれ」

「もちろん抱きしめるね。胸の中にスッポリ入れてできるだけ長い時間、ぎゅーと抱きしめる」

変態か？

「隣の学友が支えてくれるんじゃないのか？」

「何を言っているんだよルーシュ。僕の学友は優秀でよく空気が読めるんだ。第二聖女が転んで来たら僕に譲るに決まっているだろう」

どこから出てくるんだ、その自信は？

「実はここだけの話なんだが……」

さっきからずっとここだけの話しかしてないぞ。

「僕は卒業記念パーティーに出席する予定でいたんだ」

「そうなのか？　じゃあ何で出席しなかった」

そこは参加しとけよ。

そうすれば事態がややこしくならなかったはず。

「衣装も新調してね」

は？

主役じゃないぞ。

「なんでわざわざ新調したんだ？」

王太子は満面の笑みで頷く。

「もちろん、セカンドダンスを第二聖女と踊るためだ」

「……」

何言ってんの？

「第一聖女殿下の間違いだろ？」

「いや違う」

そこ、そんなに食い気味に即答しなくとも。

「第一聖女殿下のために新調したんだろ？」

俺はもう一度念を押す。

「くどい。違うと言っているだろう。彼女は元から参加する予定ではない」

いや……。

王太子が参加するのに、妃が参加しないって……。

「第二聖女と踊るために、アクアマリンのカフスを新調してね。これがなかなか良い石で……。参加の準備は全て整っていた。ファーストダンスはもちろん第二王子の予定だったが。でもセカンドダンスは僕の予定（未定）だったんだ」

「……………」

「しかし、何故か直前に仕事が入ってね。往復三日もかかる街道の調査に行かされた。王太子が自ら、街道の調査って？　それは交通省の仕事でよくない？　なんで僕なんだ……」

王太子はぶつぶつ言っている。

余程不満があるらしい。

それはアレだな？

意図的に参加させないために、側近が入れたんだな。

程よい距離の調査だし。

アクアマリンのカフスなんか付けて参加したら大変に心証が悪い。

全力で止められたと。

側近も苦労するね……。

グッジョブだ。

結果はバッジョブだったが。

「お陰で、おも、たの、いや、卒業記念パーティーでの余興を見そびれてしまったよ？　なんなら僕のポケットマネーで劇団の後援でもしようかな？　早く観たいよね？　一緒に行くんだよね？」

行くけども⁉

何、スキャンダルの後押しをしてるんだよ！

「お前、聖女フェチなんだよな？」

「そうだとも。側近しか知らないが。今、エース家の者にも知られてしまった」

隠してないだろ！

自分から言ったよな！

「聖女はみんな等しく好きなんだろ？」

「そんな訳ないだろ。第三聖女と第四聖女は弟だ」

「そこはそうだけども。第一聖女殿下、第二聖女、第五聖女は平等に好きなんだろ？」

「そんなことは一言も言っていない。第二聖女推しだ」

「嘘だろ」

「マジだ」

「………」

マジって。

どこからそんな単語を掘り出してきた？

芝居小屋か？

好きなんだな。

王太子は当然と言いたげな様子で第二聖女推しだと宣言した。

いや、お前の妃は第一聖女殿下だ。

そこは間違いない。

俺たちの一個下。

今期十八歳になる第一聖女。

彼女の卒業を待って結婚したよな？

王太子の結婚の儀にしてはこぢんまりとしていたが……。

貴族は参列していないが……？

なんで参列していないんだ？

確か……礼拝堂で誓約式だけを行い、改めてセレモニーをするとかしないとか……。

まだしていないけど。

「ここは嘘でも第一聖女殿下推しだと言うところではないのか？」

「嘘は良くない」

嘘と欺瞞（ぎまん）にまみれた王太子が言った。

嘘も方便と言うだろ？

状況と立場を考えろよ。

「『真実の愛』。演目のタイトルはこれでよいだろうか？　先程も言ったが僕は一言一句第二王子とココ・ミドルトンの台詞を憶えていてね。台本を書いてみようか？　いやしかし、この目で見ていないというのが大きなネックだ。やはりあの場にいた者に再現して欲しい。それに僕が書いたら僕が見るときに先が分かってしまい楽しめない。悩ましいな……。もちろんエース家にはチケットを届けさせて貰う」

えー。

受け取るけども。

「第一聖女殿下とは上手くいっているんだよな？」

俺は国の未来が心配になってきた。

腐っても王太子というか、腐っても雷の魔導師。

王家の血統継承が顕現している王子だ。

彼の子孫が是が非でも欲しい所だろう。

プライベートには突っ込みたくなかったが、心配になり聞いてしまった。

そう言えばだが、学園で王太子と第一聖女が仲睦まじく歩いている姿を見たことが無い。

興味がなかったともいうが、しかし一度くらい見てもおかしくはないだろう。

婚約者なのだから。

王太子は意味ありげにフフフと笑う。

何故わざわざ笑う。

溜めないでハキハキ答えろよ。

「彼女の血統を知っているか？」

「神官長の娘だ」

「そうだね。上級神官は王子の妃にならなかった聖女を娶(めと)る権利を有する」

つまり王子が上級聖女と婚約を結び、王子と婚約が成立していない下級聖女は貴族もしくは上級神官に権利が生まれる。

聖女の系譜(けいふ)を、王家、公爵家、六大侯爵家の次に作っている家系だ。

聖魔法持ちが出たところでなんらおかしくない血統。

「ほら、僕って聖女フェチだからさ」

三度目の宣言だな、その言葉。

一生忘れられそうにない。

「聖女には誰よりも詳しいと自負している」

ほー。

第一聖女の血統。

それこそ神官の仕事の内だ。

「神官長は聖魔法を使えない。神官長の母が第九聖女だ」

「つまり祖母が第九聖女ということだな」

「そうなる。そしてもちろん祖父も魔法は顕現していない。更に曾祖父曾祖母共に非魔術師」

「………」

「エース家の当主は紅の魔導師。前当主も前々当主も。そして母方も全員魔導師。何故なら六大侯爵家同士で婚姻を結ぶことが多いからね。神官長の家系は六大侯爵家にあらずだ。王の賢者の家系ではない」

「王の賢者の家系ではない貴族は沢山いるが？」

「確かに沢山いるね。君は第一聖女の聖魔法を見たことがあるか？」

「……俺は聖女科の授業を覗いていないからな？」

見たことがない。

第二聖女の水魔法は瞼(まぶた)に焼き付いているが。

鮮やかすぎて忘れられない。

無自覚なんだろうな。

「今期の聖女はワンツーが抜きん出ている。そういう噂、聞いたことがあるよね？　誰が言い出したんだろうね？」

王太子の明るい瞳が細められる。

本当にここだけの話だな？

もちろん、俺もその噂は知っている。

ワンツーが断トツ。

特に違和感のない噂だ。

第二聖女の水魔法を目の当たりにしているからな、第一聖女は相当凄いのだろうくらいには思ったが。

第二聖女のアレは構築の速さと無詠唱で紡ぐ正確さにある。

顔を洗うという行為。

普通は室内で水魔法は使わない。

床が濡れるからな。

量に要注意だし、誤ればびしょ濡れ。

彼女はごく少量、さらっとハンカチで拭う感覚で出した。

力加減が絶妙だった。

「僕はね、第二聖女の卒業研究の論文を熟読しているんだ。全文写した。貸し出し用、保存用、閲覧用と三部持っている」

「正気か？」

「もちろん正気だとも。三回も写せば内容は完全に理解した。自分の魔術に応用させてもらっている。もちろん聖魔法だからそのままは使えない。でも概念は使える。構築速度のタイムトライアルに挑戦しているよ」

俺もしたい。

負けられない。

タイムトライアルわくわくするな。

帰りに学園に寄って俺も写そう。

「ちなみに貸し出し用は、今持っているのか？」

王子は肩を竦める。

「弟に貸し出し中だ」

「どの弟だ」

「それは言わずもがな……」

「言わずもがなか……」

留年組か。兄らしいこともしているじゃないか。

「第二王子には貸さないのか」

「……第二王子に貸してどうする？　魔術師ではないぞ」

「第二聖女を知ることは出来るだろう？」

「第二王子は努力が苦手だ」

「……第二王子の取り柄はなんだ？」

「身分だ」

それだけなのか？

確かに身分は高いが。

身分が即答ね……。

ちょっと残念だぞ。

第二王子。

しかし、王太子侮れん。

研究論文に目を通していたのか。

確かに第二聖女の魔術展開を見ると興味が湧く。

聖女フェチも役に立つんだな。

「もちろん、第一聖女の研究論文にも目を通している」

「貸し出し用と保存用と閲覧用があるのか？」

「一冊もない。読むと頭が腐るから勧めない」

「……」

今の顔はなんだ？

苦虫を噛みつぶしたような顔をしたぞ。

王太子とは思えない顔だった。

「全て既存の理論を書き直したものだ。研究になっていない。聖女科の沽券（こけん）にかけて留年させた方がよかった。何故あれで単位が取れるんだ？　という出来だった。賄賂（わいろ）でも払ったのだろう」

「……人払いに抜かりはないだろうな？」

「抜かりない、大丈夫だ。彼女が留年してくれたら、僕は結婚せずに済んだ。残念だ」

「本当に人払いは大丈夫なんだろうな」

「大丈夫じゃなかったら、大変だろう、今頃」

まあ、そうだが。

お前の口から漏れる言葉が危うすぎて心配なんだよ。

「『真実の愛』事件か。そういう手もあったんだな」

「おい、悪手（あくしゅ）だからな？」

「分かっている。僕にはそんな発想もなかったよ」

「発想がないのが当たり前だからな」

「今年は第二聖女が妹になるのを楽しみにしていたのに」

「残念だな」

「ああ、残念すぎて立ち直れない」

「そこまでかっ」

「君が漁夫（ぎょふ）の利を攫（さら）って行ってから、気持ちが沈んでね」

「お気の毒に」

「直ぐに第四王子との婚約を打診しようと思っていたら、あらぬ方向に舵（かじ）が切られていた」

「職安な」

「聖女が職安に行くなんて思うか?!」

そこは王太子に賛同だ。聖女は決して職安に行くまい。

どうしてそんな事を思い付いたのだろう。

ロレッタ・シトリーはかなり突飛な子だと思う。

「三代遡って、魔術師が、祖母一人。その祖母の聖女等級は九位。素敵な数字だと思わないか？」

答えにくい質問だな。

むしろどう答えろと言うのだ。

「君、第二聖女の血統は知っている？」

この間、知った。

職安に応募して来てから調べた。

「知っているよね？　雇用主だものね。興味深かったでしょ？」

聖女フェチ怖いな。

どこまで詳しいんだ。

「そもそも第二聖女に関してはそこまで遡る必要はない。シトリー伯爵家というのは新興貴族に見えるが、まったく違う。元々侯爵家が持っていた伯爵位を次男に譲って起こした家だ。まだ一代目だから新しく見えるが、当主は由緒正しい侯爵家の直系。六大侯爵家の一つ、エース家のライバルに当たる家かな？」

王太子は可笑しそうにフフフと笑う。

このフフフは要注意だな。

感じ悪いったら。

「長男には侯爵家を継がせ、次男には伯爵家を起こさせた。本来なら使わない手なのだが、侯爵はどうしても次男に爵位を持たせる必要があった。何故だか分かる？」

アクランド王国にはありがちな理由なんだろうな？

予測は付く。

「次男が雷と同等の珍しい魔力を顕現していたからだ。長男は血統通り水魔法の魔術師で魔力量も申し分がない。跡継ぎとしてなんら問題ない。次男は長男に魔力量で一歩劣ったが、展開が速かった。つまり――」

「氷を顕現したと」

「そういうこと」

氷魔法というのは、水魔法の一部だと言われている。

当たり前だが物質はまったく一緒だからだ。

しかし水を瞬時に凍らせるのは大変な難易度だ。

ゼロ度以下なのはもちろんだが、鋭利な氷を一瞬で作るにはマイナス四十一度以下と言われている。

この温度を、水を顕現させながら作るというのが不可能なのだ。

言うなれば温度を下げる技術と、水を顕現させる技術の両方が必要。

同じ属性中の多重魔法（マルチキャスト）。

理論上で考えると出来る訳ないだろ？　という忙しさになる。

「氷の魔導師は天才だよ。侯爵は一代限りで終わらせたくなかったんだろうね。本家の分家として伯爵家を作った。氷を血統継承させたかったわけだ。王家としてももちろん異論無い」

あの展開の速さは血統継承でもあるのか……。

早く論文が読みたい。

そうすれば大分理解出来るはずだ。

「あの透き通ったアイスブルーの瞳。あそこまで薄い水色は滅多に出ない。あれは氷の魔導師の血が色濃く出ているんだ。伯爵もあんな色をしている」

「……見たことあるのか？」

「あるとも。領地まで見に行った」

「わざわざか？」

「ああ、大切なことだ」

「大切ではないだろ」

「推し活とは深いのだよ」

深いって……。

ヤバいの間違いだろう。

どこの世界に推しの父親の瞳の色を確認しに領地まで行く王太子がいるんだ？

忙しい身だよな？

暇なの？

「安心したまえ」

「何をだ？」

「推し活の一つとして、領地でたんまり買い物をした」

「何を買ったんだ？」

「……別荘だ」

「え？」

別荘？

シトリー伯爵家の領地に家を買ったの?!

推し活で別荘？

恐れ入った！

「どうだろう、芝居を見た後、聖地巡礼としてシトリー伯爵領の別荘にでも行かないか？　なかなか良い家を購入できた。気に入っている。招待するよ？」

「……………」

招待って……。

うっかり頷きそうになるじゃないか！

行くけども。

伯爵の瞳の色は確認しないからな！

そこは譲れない。

「小規模な領地なんだろ？　観光とかする場所あるのか？」

「まったくなかった。細々とした農地が広がっている村みたいな所だった。エース家の栄えた港街とは比ぶべくもない。そもそも規模が違う。侯爵が持っていた、ただの飛び地だ」

「何しに行ったんだ？」

「だから、伯爵の瞳の色をだな……」

「皆まで言わなくていい」

「いや、ルーシュが聞いたのだろう」

「そうだが……」

俺は田舎の農地を場違いな王太子が歩いているのを想像して暗澹たる思いになった。

何をやっているんだ？

一国の王太子が。

しかし、自分も行ったらやはり目立つのではないかと懸念する。

どう見てもその土地の者ではないし。

変装するか？

農夫に？

まだしたことないな？

裕福な商人の息子くらいならあるのだが……。

「領地にいる時は変装していたのか？」

「もちろん。裕福な商人の息子を装って、見るからに手入れが行き届いていない荒れ地を購入した。抜かりはない。そもそも芝居小屋に行く時は、いつも変装をしている。王子然とした格好で行ったら、皆が楽しめないじゃないか。そこは弁えているつもりだ」

芝居が好きなんだな？

本当にちょくちょく行ってそうだし。

しかし、王族や貴族というのは大概商人を装うな。

俺は農夫で行くか……？

いや農夫と裕福な商人の息子の組み合わせは微妙だ。

やはり商人の息子の友達辺りが無難なのだろう。

そうやって変装はいつだって商人の息子に落ち着いてバリエーションがない。

ちょっと攻めてみたくなるぞ。

「かなり広い土地を購入したから、ゆくゆくは商会の支部にするのもありだと思う」

「何を売るんだ？」

「F級ポーションとかアクアフラワーとかロマンス小説とかどうだろう？」

全部出所が分かりやすい上に、まさか自分で台本を小説化するんじゃないだろうな？

ちゃんと偽名を使ってくれよ？

「商会の名前はA＆Aとかどうだ？」

「おい、まさかとは思うが……」

「僕の姓とルーシュの姓の頭文字だ」

「……何を言い出すんだ。王太子殿下」

「ん？　何故突然敬称を付ける？　人払いは完璧だぞ？」

分かっとるわ！

「シトリー伯爵領は借金まみれのようでね。何か産業があればよいのだが……」

「確かにな」

「伯爵は天才魔導師なのだが、領政となるとな……。まあ天は二物を与えずだ」

二物も三物も貰っている王太子が言った。

「つまりは何が言いたいかというと、王家も六大侯爵家も自分の血統継承をそれは注意深く遺伝させているという事だ。僕など三代遡っても全員魔導師だよ。三代どころか何代遡っても魔導師だ。もちろんエース家もね」

話が本筋に戻ったな。

このまま伯爵の瞳の色に言及するならどうしようかと思ったわ。

「そんなに注意深く、時には狂気すら感じる程に、王家と六大侯爵家は魔力継承させているのに、祖母が第九聖女という血統で、第一聖女は出るのだろうか?」

第一聖女。

それはその期十年の聖女の中で、一番の聖魔導師に与えられる称号だ。

その等級をどうやって決めるかなのだが……。

それは教会の管轄。

「可能性は………ゼロではないが……」

俺のその答えに王太子はフフフと笑う。

もちろん楽しいから笑っている訳じゃない。

目が笑ってないよな。

「確かに出ない訳じゃない。確率が低いだけかな」

そう確率。

限りなく低い。

血統だけ考えれば聖女中ナンバーファイブ。

つまり最下位ではないかとすら思う。

第三聖女、第四聖女は王妃腹の王子。

当然一定以上の魔力量がある。

留年はしたが……。

そして第五聖女。

第五聖女は公爵令嬢だ。

公爵家は事実上王家の分家。

王太子以外の王子が継ぐ家になる。

直系が継いでいる家もあれば、既に傍系になっている家もあるが、元は一つの王家から出た家で
王家の血が間違いなく流れている。

第一聖女は別にして、身分だけ考えれば、圧倒的に第二聖女が低い訳だが。

まあ、聖女に身分は関係ない。

魔力だ。

極端な話、庶民だってなれるのだ。

それこそ何故出るか分からない程、出所不明な血統もあるにはある。

「ルーシュは聖女の魔力判定についてどれくらい知っている?」

「一歳で魔法素養検査。三歳で属性検査、五歳で魔力量検査、十歳以下で等級判定」

ざっくりだがそう聞いている。

まあ、等級検査以外は他属性の魔導師と似たり寄ったりだ。

学園に上がるか上がらないかの十歳の魔術師検査を一番綿密に行う。

神官長がいて次官がいて、上級神官四、五人はいたように思う。

礼拝堂でわりと厳かに行われる。

想像するに聖女判定は、もっと威厳がある空気になるんじゃないかな?

但し聖女判定というのは第何期聖女、等級判定という名目だから、歳は大分ばらける。

「……僕は聖女の等級判定に立ち会った事がない」

今期の聖女判定時、王太子はまた学生。

まあ立ち会わなくてもなんら不思議ではない。

陛下も立ち合わないのか?

王族が一人も入らず、貴族も入っていない?

魔術師検査は各省庁の長官もしくは次官が入る。

取り仕切るのは教会だが、貴族の目は確実にある。

「興味があるんだよ?　等級判定に」

「確かに、密室感は否めないが……」

「次期聖女の等級判定の儀式には下級神官の制服を着て立ち合う予定（未定）だ」

「下級神官は水晶等を用意したりするのか？」

「僕は水晶を用意したりすると、色々見逃しそうなので、突っ立っているつもりだ」

「不審者じゃないか？」

「制服を着ていれば、まったく違和感はないはずだ。二着用意する」

「……まさかとは思うが、誘っているのか」

「魔力の高い相棒が必要だ。そうでなければ煙に巻かれる」

「煙に巻かれるって」

「色々見逃したくないんだ」

ちょっと待て。

早まるな。

俺とお前は所謂魔導師っぽい容姿をしている。

つまり目が紅と黄色だ！

目立つ、目立ち過ぎる、一瞬でバレる。

もう初見で神官ではないのが分かるぞ。

「俺たちは魔術師だぞ」

「……今更何を言う？」

「いや……変装の精度がな、低くならないか？　特徴的な瞳の色をしている」

王太子は首を傾げた。

「ルーシュ？　今まで変装をしたことがなかったのか？」

「……いや、それなりには」

豪商の息子とかを少々。

「魔導師の変装と言えば最後は魔道具だろう」

「？」

王太子はどこからか、黒縁の眼鏡を取り出す。

「必須アイテムだ」

眼鏡を掛けると王太子の瞳の色が琥珀に変わる。

おぉー。違和感ないな。

「この眼鏡は別荘より高い」

「………」

「二個持っているから、有り難く思え」

有り難くないわ。

教会を敵に回す気か！

「魔法素養検査と魔法属性検査はパスするとして、聖女等級判定に絞って潜り込もうと思うが……」

「神官長が下級神官の顔を覚えていないとかあるのか？」

「それは人による。ただ、判定検査中に声を荒らげることもないはずだ」

「つまり、当日その場でバレてもスルーすると」

「そういうこと」

「……バレれば王太子の心証は大分悪くなるぞ」

「彼は外戚。我が妃の父だ。娘の夫の権勢を妨げる親がどこにいるんだ？」

王太子は何事もないように爽やかに笑う。

こんな時だけ第一聖女との婚姻利用か？

逞しいな。

「持っている権力は正しく使わなければな」

正しくはないぞ？

品行方正な王子はそんなことは決して言わない。

そして俺は義理の息子の同窓という、更にどうでもよい立場なんだが……。


後ろ暗いネズミは警戒心が強い。

礼拝堂に見慣れぬ者がいれば等級判定を開始しないかもしれない。

途中で入るか？

物陰に隠れているか？

もう少し精度を練った方がよいだろうな。

次官を丸め込めれば一番手っ取り早いが、次官長とて旨味が無ければ動かない。

家門の洗い出しをする必要があるな。

旨味となれば神官としての出世になるが、それは最後の最後。

事が大事になった時だけだ。

ただし、もし神官長に後ろ暗い事があるのならば、次官長が知らぬ訳がない。

上級神官の家柄も全部洗い出す必要があるな？

家の繋がりと魔力だ。

神官長が抱え込んでいる者を見分けなければ。

教会はある意味治外法権。

王族貴族の力が通しにくい。

それが故に、聖女判定の実権を全て握っているというわけだが。

もしも聖女等級の判定に不正があれば、それは想像以上に大事になる。

第一聖女と思い込み娶った妃が事実上の第五聖女だった場合、王家の魔力素養が低くなる。

緩やかに王家から魔力を削ぐということはどうなるか？

そこまで考えて、俺は王太子を見た。

「お前と第一聖女殿下の婚姻契約書が見たいところだ」

「見てどうする？」

「そこまで辿り着いている人間が、何もしないとは思えない」

「本来のものに二、三枚足しただけだ」

「……足したんだな」

しかもガッツリ足したな。

契約書に二、三枚は長い。

王太子と視線が交錯する。

「面倒事の代償は？」

王太子はフフフと笑った。

「……別荘より高い眼鏡を………」

「眼鏡はいらん」

筆頭侯爵家相手に金や物が賄賂になると思わないでくれよ？

王太子は肩を竦めて見せる。

「特注品だぞ？」

「……特注すればよいだろ？」

「金は大切に使え」

推し活で別荘を購入し、魔道具の眼鏡を二つ特注した王太子に言われたくないわ！

「冗談はさておき」

冗談だったのか？

半分本気で言っていたぞ。

王太子はごそごそと胸のポケットに手を入れる。

中から出てきたのは一枚の書類。

そして、俺の目の前に書類を翳した。

悪い顔をした王太子が微笑んでいる。

非の打ち所のない王子像が台無しだな？

「ルーシュ、これが欲しくて来たのだろう？」

「用意して待ってくれていたとは、気が利くな」

「当たり前だ。気が利くのは数ある長所の一つだよ」

「ほお？」

俺の目の前には、第二王子と第二聖女の婚約破棄証が翳されていた。

全文整っているが、国王の印である玉璽が押されていない。

「次にエース家に行くときまでに、陛下に頂いておこう」

「条件は？」

「一、一緒に芝居小屋に『真実の愛』を見に行くこと。二、シトリー伯爵領の別荘に行き、商会の立ち上げに協力すること。三、聖女判定に立ち会うこと。四、エース家の離れに推し活ルームを作ること」

どさくさに紛れて推し活ルームとはなんだ？

一言も聞いてないぞ！

「簡単だろ？」

「一応聞いておくが推し活ルームの内容は？」

「僕の部屋が欲しいということかな？」

「エース家の離れにか？」

「そう。ルーシュの住まいに」

「却下だ」

「ひどい」

「ゲストルームは本館にいっぱいある」

「分かっていないな、第二聖女は離れにいるんだろ」

「泊まれる部屋くらいは考えておくが、自由に出入りはさせない」

「つれないな」

「近いんだから、普通に帰れ」

「帰ったら、第二聖女の寝衣が見られないだろ」

「端から使用人の寝衣など見る機会はない」

「夜中に呼び鈴で呼び出すんだよ？　悪いが水を一杯と言って」

「寝室に水差しが置いてある。自分で入れろ」

「僕が泊まる日は水差しは置き忘れてくれ」

「必ず置くと約束しよう」

「ルーシュ」

「なんだ？」

「ロマンを作るには、多少の融通を利かせる必要がある」

「ロマンは偶然に任せた方が粋だ」

「そんなことをしていては、人生が終わる」

「品行方正な王太子はどこにいった？」

「それは外面だ」

言い切るなよ！

別に一、二、四はたいしたことがない。

問題は三、これだけは政治に関わる。

「お前の妃は第一聖女。つまりは神官長の娘だな」

「今更確認しなくとも」

「戴冠した時に後ろ盾となるのは、教会のはずだが」

「その時に、そういう状況であれば、そうなるのかもね」

「まさかとは思うが……」

そこまで言った所で、王太子が俺の言葉を止めた。

「王太子の第一正妃に二年間、世継ぎが生まれない場合、第三妃まで娶ることができる。これは側妃にあらず。妃は魔導師という厳しい条件がある。そしてこの三人の中で力のある魔導師を産んだ者が国王妃だ。あまり知られていないがそんな措置がある。王家が継承しているのは雷と聖魔法だけではない」

確かに、遠い昔、そのような措置が取られていたと聞いたことはある。が、そもそも、三人の妃が共に高い魔力を持っているという条件が難しい。

「第一聖女に子供が出来るのは難しいんじゃないかな？」

そう言って、雷の魔導師は艶やかに笑った。

第7話　専用ゲストルーム

我が国の王太子は何故あんな感じになってしまったのだろう？

性格が悪いとまでは言わないが、真っ直ぐではないのは確かだ。

まあ、真っ直ぐで王太子ができるかと言われればできないだろうとは思うが。

ルーシュは王太子と別れて、エース家のタウンハウスに帰宅していた。

王太子は魔道具の眼鏡でも婚約破棄証でもなく、閲覧用の論文を貸してくれて、茶葉の発酵時間が短い茶と共に土産に包んでくれた。

大丈夫、閲覧用は急ぎ弟達に作成させるからとか言っていたぞ。

第三王子と第四王子は、あの王太子の手足となって働かされる未来が見えるな。

婚約破棄証か。

有耶無耶にされそうな雰囲気があったが、王太子が動いてくれていた。

シトリー伯爵の印を貰えば、教会が受諾するだろう。

時間の問題で正式な破棄が成立する。

というわけで、エース家での雇用も自動的に成立する。

王家にとって、第二聖女を手放す事はデメリットにしかならないと思うが、あれだけ公の場で婚約破棄を宣言したわけだから、今更撤回という訳にもいかない。

ただ、王太子も言っていたが、ならば第四王子が第二聖女と婚約すれば済む話だ。

行く行くはそうするつもりかもしれないが。

第四王子は今年で十四歳。

結婚の儀は卒業を待ってとなると留年しているから卒業まで四年。

その時、第二聖女は適齢期やや上。

ギリギリだが一番無難なまとめ方ではある。

どちらにしてもこの『真実の愛』事件の熱り（ほとぼ）が冷めてからになるが。

ルーシュは卓上の呼び鈴を鳴らして、従僕にロレッタを呼んでくるように言いつける。

程なくして現れた彼女は、少し微笑んで落ち着いた様子で挨拶をする。

伯爵家の子女にしては、なんとも腰が低いというか偉ぶったところがない。

一見男爵令嬢に見えないこともない。

これがココ・ミドルトンに侮られた理由の一端だろうか？

「部屋は貰ったか？」

「はい、ベッドはふかふかでとても寝心地が良く、机や小さなクローゼットもあり、素敵なお部屋を頂きました」

「そうか。給金等の説明は大丈夫か？」

「はい、離れを取り仕切る副執事の方に教えて頂きました。今のところ最高の職場です」

「……良かったな」

「あの……。働き次第で終身雇用制があると伺ったのですが……」

「エース家に終身雇用されたいのか？」

「はい！　私、第二王子殿下に婚約破棄された身ですので、もう働き口も婚姻先もないと思うのです。ですから安定した素敵な職場があればと思います。でもよいのでしょうか？　確かに募集要項には侍女となっていましたが、メイドの仕事はしなくてよいのでしょうか？」

「……一応、自身が貴族の子女であり、魔導師である事実を忘れないように」

「？」

ロレッタはきょとんとしていた。

いや、そうだろう。魔導師がメイドとはどういう発想だろうか？

侍女でもどうだろうと薄ら思うが。

そこはもうどうしようもない。

「離れの一部屋に特定の人間のゲストルームを作る。部屋は狭くてもよいが、本棚や机を実用的に配置して欲しい。メイドを一人使ってよいから、品良く整えておくように」

「大切な方なのですか？」

「全然大切ではないが、君に紹介することになると思う。そして寝室には水差しを置いておくように」

「……あの？　水差しの欠かせないタイプの方でしたら、永久水差しにするのはどうでしょうか？」

「それは魔道具だろう？　そんな良い物にしなくていい」

「いえいえ、高級なものではなく、私の手作りと言いますか」

「……手作り？」

「はい。聖女科の実習でですね、薬草畑を作っていたのですが、これが水やりが大変で……」

「それで？」

「何か楽な方法はないかと、あの手この手と考えたのですが……。永久に水が出てくる如雨露があれば、誰でも使えるのでどうだろうと考えまして」

「まさかとは思うが……」

「はい、作ってみました！　なかなかの出来でしたので、水差しに応用してみようかと思いまして」

「………………」

ルーシュが紅茶を飲んでいれば、きっと聖女の顔に噴きかけたに違いない。

それくらい驚いている。

聖女科ヤバいな?

留年者が出るのは必然だ。

第二聖女の魔法が基準値になると、赤点続出になる。

永久水差し……か。

王太子は夜中に『悪いが水を頼む』という妄想を、その名の通り永久に失う事になる。

なんせ水が永久に無くならないわけだ。

想像するとちょっと面白い。

あの王太子の推し活力ならば、夜中中(よなかじゅう)かけて水差しの水を飲みそうな予感。

永久水差しである事は黙っておこうか?

水を飲み始めてから気づく方が楽しいかもしれない。

ルーシュは色々な状況を想像して、うっかり王太子が早く泊まりに来ないか? と考えてしまい、その考えに頭(かぶり)を振った。

いやいやいや、何を言ってるんだ?

ああ嫌だ。

あんな悪友というか、王族というか。

そもそも六大侯爵家の子息と王族の子息というのは、幼い頃より何度も引き合わされる。

ついでに学園が同窓であると大分付き合いが長くなる。

ルーシュと王太子も御多分に洩れず付き合いが長い。

そもそも陛下と魔法省長官である父同士が仲が良い。

仲が良いと言うよりライバルというか、何だろうね？

会えば嫌みとか言っている。

仲が悪いのか？

そこまで考えて陛下と父の関係は、自分と王太子の関係に似ているのではないかと気づき、地味にダメージを受けた。

机の上には第二聖女が書いた論文が置かれている。

閲覧用だけあって、もの凄く読み込まれている。

違うインクで線とか引かれている。

熟読どころか、参考書として使い倒している。

一晩掛けて読み解いてみよう。


「ロレッタ・シトリー」

「何でしょうか？　御主人様」

「御主人様は父と被るので、ルーシュと」

「雇用主様を名前で呼ぶのですか？」

ロレッタは首を傾けて、こちらを窺う。

いやだって、二歳しか違わない伯爵令嬢にご主人様は微妙に違和感がな……。

「お坊ちゃまでしたか？」

「それは違う」

「では若御主人様？」

「……違う」

「旦那様？」

「……いや、それもちょっと」

「若旦那でしたか？」

「いや、それは領地の民なら有りな雰囲気だが。ルーシュと呼んでくれればよい」

「それは本当に侍女が使う呼び方なのでしょうか？　高貴な方の名前を下賤の者が口にしてよいのでしょうか？」

「いや、ロレッタは伯爵令嬢だろ？　下賤って……」

こちらとてうっかりするとロレッタ嬢と呼びたくなるんだぞ。

雇用主だから呼び捨てにしているが。

「あの、私うっすら思うのですが……。伯爵令嬢というのはいつまで伯爵令嬢なのでしょうか？　成人して家も出ています。結婚すれば旦那様の爵位で呼ばれるのでしょうが、未婚の場合ずっと父の爵位で呼ばれます。ですが、この爵位というのも大変心許ないと言いますか、いつでも庶民になりそうな雰囲気のする家でして。つまり簡単に言うと没落というのですか？　今回第二王子殿下に婚約破棄されたのを契機に没落貴族になり、爵位剥奪が目の前に迫っている気がしてならないのです。もういっその事、庶民だと思って接して頂いて構いません」

「…………」

何を宣言しているんだ、この伯爵令嬢は。

庶民として接するなんてこちらが構うわ。

「やはり庶民の王道としてはですね、まずは一番下のメイドから入り、二十年くらいかけてメイド長に成り上がり、更にそこから十年かけて侍女に出世するなんていうのが格好良いのではないかと悩んでいるのです」

「君が何に思い悩んでいるかは分かったが、今は確実に伯爵令嬢なのだから、その身分を誇りに思いたまえ。そしてあるものは利用する逞しさも身につけるとよい」

王太子の逞しさを見てみろ。

身分も金も権力も遠慮なく利用しまくりだぞ。

見習え。

というか自身が聖女であることを忘れてるぞ。

王子妃候補にならない聖力の低い聖女であっても、教会に入ればトップクラスの扱いが待っている。

その上、水魔法も使えるのだ。

魔法省にも入れる。

三十年もメイドとして寄り道をして何をする気なんだ？

メイド職でも極める気なのか？

「ところで、聖女科の如雨露は永久如雨露なのだな？」

「はい。第三聖女も第四聖女も喜んで使ってました！」

「へー……」

王子達は喜んで使っていたんだな。

ふーん。

留年組の王子は弟王子だからか、王太子が優秀なせいか、大分マイペースに育ったな。

「君が作ったと？」

「はい。魔道具の実技授業中に作りました。材料費は掛かっておりません。学校が用意してくれた魔石と如雨露で作りました」

「……まあ、備品だからな」

如雨露はまだしも、魔石は高い。

魔石が高い上に、魔導師が回路を組み込むから値段が更に上がる。

魔道具は庶民には手が出ない価格だ。

しかし、魔道具が安定して作れるとなると、王太子の言っていた商会の立ち上げに見通しが立ってくる。

ロマンス小説とアクアフラワーとF級ポーション、そして永久に水が出る如雨露。

農家は喉から手が出る程欲しい商品だな。

でも農夫の収入ではおいそれと買えない。

つまりはその領地を治める貴族が自領の農産物の安定供給のために買うということになるだろう。

農地が広がっていて、日照りが多い地区。

そして領主の領地管理がしっかりなされている所がターゲットだな。

貴族相手なら百単位で売れるかもしれない。

そもそも領民が納めた税で買うのだからなんの問題もない。

しかし、授業で作りました……って。

なんでそんな天才的行為が学校で噂になっていないんだ？

俺など知りもしなかったぞ？

魔石と如雨露を教師が用意したのなら、その教師だってそれが異常なことだと気づいているはずじゃないか？

なのに何事もないように、聖女科のただの備品として収まっている。

彼女の規格外の魔力コントロールは闇から闇か？

いや意外に無意識なのだろうか？

魔道具の授業を受け持っているのは誰だ？

魔法科と違うのだろうか？

「教師は誰がしている？」

「神官です」

「魔道具が作れる神官か？」

「いえ、教会にお勤めしている一般神官です」

「魔道具師ではない？」

「魔道具師ではありません」

「何を教わっているのだ？」

「皆で教科書を読んでいます」

「……………」

それは一人でも出来るわ！

「どうやって、魔導回路の作成を覚えたんだ」

「教科書を見て」

「それだけ？」

「それだけです」

天才か?!

「魔道具師の先生が書いた素晴らしい教科書です。もし流しの聖女になっていたらお目にかかってみたかったと思っておりました」

まだ流しの聖女とやらが心の一部を占めてるんだな。

終身雇用するか？

「ちなみに流しの聖女というのはどんなイメージなんだ？」

ロレッタはよくぞ聞いてくれましたというような体で話し出す。

「何か自分の力では抵抗できない強大な敵に、理不尽な目に遭わされるんです。そしてそれはとても力のある敵なので、その国には居られなくなってしまいます。悲壮感漂う出で立ちで隣国に逃亡するのですが、そこも安全とは言い切れません。なので長いローブに身を包み、街から街へ彷徨うのですが、街々で怪我した子供を助けたり、魔道具を直したりして、細々と生計を立てるのです。そして、たまに昔を思い出して寂しそうな顔をして遠くを見つめるという感じです」

「随分具体的だな」

「はい。かなり具体的に想像していました。なんせ一国の王子に敵愾心を向けられたのですから。貧乏伯爵家など吹いて飛んでしまいます」

裏には侯爵家が付いている。

しかも水の魔導師の本拠地六大侯爵家だ。

吹いても飛ばないだろう。

むしろ、吹いて飛ぶのは第二王子だろうな。

王太子が婚約破棄証を作成していたという事は、彼は恐らく第二王子を見捨てるのだろう。

王太子は決して妾腹の王子は助けない。

特にあの王子の母、元第七側妃。

自己顕示欲が強く教養が足りないと聞いている。

好都合くらいに思っているかもしれない。

今は王太子だが、彼は行く行くは国王になる身なのだ。

絶大な権力を有している。

他の王子とは一線を画しているのだ。

しかも王妃腹であり王の第一子。

その上――あの閃く瞳の色。

雷を顕現しているのだ。

王族でもおいそれと遺伝しない雷の魔導師。

そうそう逆らえる者などいない。

第三王子も第四王子も顎で使われている。

同腹の王子はある意味可愛がってはいるのだろうが。

自分の母親である王妃陛下を苦しめた側妃の一人。

害する機会があれば容赦しないだろうな。

教会の前にそっちが先だろうし。

「流しの聖女の事は、忘れるように」

「え？」

「いや、そんな未来は来ないだろう」

「そうですか？」

「そうだろう」

「……でも、心の準備が」

「来ない未来に心の準備などしなくて良い」

「じゃあ、エース家で終身雇用……」

「それはおいおい考えておく」

「本当ですか？」

「……本当だ」

そこまで言うとロレッタ・シトリーは満面の笑みを浮かべた。

笑うと可愛いな？

終身雇用が嬉しいんだな……。

伯爵令嬢なのに……。

第8話　第二王子の真実の愛

アクランド王国第二王子であるバーランド・レイ・アクランドは自室を落ち着かない様子で行ったり来たりしていた。

陛下から謹慎処分を受けたのだ。

あの卒業記念パーティーから解せない事が多くなった。

そもそもアクランドという大国の第二王子として生まれたのだ。

子供の頃から何かを我慢したという経験がない。

富も権力も恣(ほしいまま)にしてきた。


卒業記念パーティーでのことも、最高に楽しい計画であった。

予(かね)てより気に入らない第二聖女を大勢の人の見ている前でこっぴどく振ったのだ。

非常に高揚(こうよう)し気持ちの良い体験ができた。

あの日の最高権力者はバーランドだった。

普段から鼻に付く王太子はいなかったし、陛下もいらっしゃらなかった。

いらっしゃればバーランドのカリスマ性ある言動を見せることができたというのに。

そうすればもしかしたら王太子にだって近づけたかもしれない。


バーランドには気に入らないものがあった。

それは王妃腹の王子達だ。

妾腹の王子であるバーランドに威丈高に接してくるのだ。

プライドの高いバーランドはそれが我慢ならなかった。

あの王太子の澄ました顔と黄色の瞳には虫唾(むしず)が走る。

まるで雷の魔導師であることを自慢するかのように、見せて回っている。

更に第三第四王子達と来たら、バーランドを軽視してくる。
年下の王子であるくせに。
自分は第二王子なのだ。
王子の中では二番目に偉い立場だ。
不敬にも程がある。
第五王子は末の王子であり別腹(べっぷく)なため、眼中にない。
バーランドは生まれ持った魔法という適性が大嫌いだった。
なんの努力もせず、ただただ魔法が使えるからといって特別視され大切に扱われる。
だからその代表でもある聖女をこっぴどく振ってやったのだ。
魔法科だか聖女科だか知らないがエリート面しやがって。
魔法が使えれば偉いのかよ！
そんなものは親からの遺伝以外の何ものでもない。
容姿だってそうだ。
王妃の子は全て王子然とした優れた容姿をしている。
なんなんだアレ。
気持ちが悪い。
自分くらい少し線が太めで男らしい体躯をしている方が良いに決まっている。
瞳だって黄色だとか薄紫だとか異常な色をしている。

奇抜過ぎる。

茶色が一番だ。

それにしても、卒業記念パーティーでの第二聖女の出で立ちには笑った。

バーランドの髪と瞳の色に揃えたドレスを着ていた。

バーランドのことが好きで好きでたまらなかったに違いない。

あんなに全身バーランド色に揃えたのだから。

ドレスも貴金属類も一度も贈ったことがないのに、健気な馬鹿だ。

魔法ができても馬鹿じゃあ使えない。

ココ・ミドルトンの方が女としては図抜けて魅力的だった。

体のラインは女性的だし、顔も派手な作りをしている。

第二聖女なんて淡泊な人形の様だ。

バーランドは自分が卒業記念パーティーでしたことを思い出して大笑いした。

計画は全て上手くいった。

聖女はこれ以上無いくらいこっぴどく振ってやったし、ココ・ミドルトンとの婚約宣言もできた。

なのに何故？

自分は自室で謹慎などというものをしているのだろう？

第二聖女とは婚約破棄が成立したのだ。

はやくココ・ミドルトンとの婚約、更には結婚の儀を進めたい。

第二王子なのだからな、盛大に祝わないと。

第二王子バーランドは自分の結婚の儀を想像して、また笑う。

心の底から楽しみでならないという哄笑が廊下まで響いた。

バーランドが笑い続けていると、侍女が王太子の来訪を告げてくる。

一体何の用だというのだろう?

王太子になど会いたくなかった。

そうは言っても断るすべもないが。


「やあ、バーランド気分はどうだい?」

入ってきた王太子は、バーランドに気軽に声を掛けながらソファーに座る。

何か束になる程の書類を持っていた。

「陛下との謁見は後日に控えている。そこで正式な沙汰が言い渡されるだろうけど、まあ、それまでは事務処理のようなものだから。そこの書類に印を押すように」

上から確認すると、第二聖女との正式な婚約破棄証やらココ・ミドルトンとの婚約証、更に土地の売却証写しなどが重ねられている。

もちろん婚約関係の書類はすぐに印を押した。

「兄上、この土地の売却証の写しは?」

「ああ、それね。バーランドが陛下から下賜される予定だった土地を整理しているんだよ?」

「？　なぜそのようなことを」

「何故って、王家と伯爵家の婚姻を王家側から一方的に破棄した訳だからね。高額の慰謝料が発生する。バーランドが陛下に断りなしに行ったことだから、陛下ではなくバーランドが相続予定でいたものから支払われることになる」

「？　伯爵家などに払う必要があるのですか？」

「それはあるだろう。君が振ったのは陛下の臣下の令嬢なのだから」

「では私財以外から出すことはできませんか？」

「え？　まさか君の真実の愛を貫くための慰謝料を税金から出す気かい？　それは出来ない相談だろう。それ以外に衣服や宝飾品、家具等も売り払われる予定だ」

「え？　では私の身の回りの物は？」

「残らないんじゃない？」

「それでは生活できません」

「いや、大丈夫。真実の愛があれば何でも越えられるよ。なんせ真実の愛は無敵だからね。ああ、その二枚以外は印はいらないよ。確認のために持って来たもので、君のものじゃないし」

そう言って、王太子は二枚の書類だけを持って、長居はせずに帰って行った。

一体何だというのだ。

残ったのは全てただの写しだ。

いくらで売却済み。

という全て売却された証明書を写したもの。

そして慰謝料の総額は夥しい額になっていた。

庶民では一生かけても稼げない額だ。

バーランドは納得ができなかった。

何故自分が資産整理のようなことをやらねばならないのか。

王立学園を卒業したら、成人した王子として陛下から受け継ぐ予定でいたものだ。

それらが全て現金に換えられた。

しかも伯爵家宛てだ。

文句を言おうにもまだ正式に下賜されたものではなかったので、厳密な所有者は陛下であり王家だ。

婚約破棄。

真実の愛。

親が決めた女性ではなく、自分で選んだ女性を伴侶にすることは、自主性のある素晴らしいことだ。

愛のない結婚に幸せなどない。

愛する女性と結婚する、愛していない女と婚約破棄する。

シンプルで正しい事。

まあよい。

資産はまた別のものを受け継げばよいのだし。

このことは陛下との謁見の際に訴えさせてもらおう。

バーランドは自分なりに納得しながらも、書類の束を見ながら、失った財産の大きさを目の当たりにして、背中に冷たいものを感じた。

第9話　エース家の侍女は快適

ロレッタがエース家に移り住んでから数日が経っていた。

あんなに悲しい気持ちでいっぱいだったのに、今は穏やかに過ごしている。

さすがというかなんというか、エース家は使用人すら質が高いのだ。

他人を苛め抜くというような、矮小な人間がいない。

たぶん居たとしても使用人間の風通しが良いため、とっとと首になるのではないかと思う。

執事を始め、侍女長、メイド長、侍従長など長の付く人は全員紹介して頂いたが、嫌な空気を一度も受けなかった。

ロレッタを見下したり、疵物として馬鹿にしたり。

そういうことをするのは使用人として格が低い行いという教育が浸透しているのだろうと思う。

みんな誇りを持って仕事をしているのだ。

その部分にロレッタは言いようのない程の感動を覚えていた。

学園も王家もそんな雰囲気はなかった。

ギスギスして無駄に傷つけ合って。
出し抜いたり騙したり。
時間と労力の無駄遣いである。
そんなものに精神を疲弊させるのが辛かった。
それがどうだろう？
エース家と来たら。
ストレスが溜まりにくい構造が確立している。
自分の仕事に集中し、自分自身を向上させる。
その成果として十分な報酬を頂く。
それを見てロレッタは心に決めた事がある。
ここに骨を埋めるのだ。
今は侍女であるから行く行くは誇りある侍女長を目指そうと思う。
そして、この職場で人生を終える。
それがロレッタの今の夢である。
よくよく考えれば、あんな王子と結婚しなくて良かったのではないかと思う。
それに次期当主であるルーシュ様。
私の卒業論文を熟読され、とても褒めて頂いた。
素晴らしいと。

君は魔導師としてもその概念の確立方法も魔道具師としても、大変な才能があると。

エース家の侍女ではあるが、自分の魔法研究のパートナーになってもらう可能性もあるから、魔法学を捨てないように。

侍女の仕事は二時間早く上がって、魔道具研究をするように。

そして一ヶ月に一度レポートを提出するようにと言われた。

ロレッタはこの言葉を聞いた時、涙が出そうになった。

ルーシュ様の前なので、なんとか瞳の奥に押し込めたが。

かつて自分をこんなに高く評価して頂いたことがあっただろうか？

努力して当たり前、もっと努力するのが聖女の務め。

そんなふうに言われた。

聖女だって努力するためには精神力がいるのだ。

眠い目をこすって、魔法学の教科書を読むのは当たり前なのだろうか？

教養科の生徒が楽しそうに城下に遊びに行くのを、羨ましいと思ってはいけないのか。

夥(おびただ)しい魔方式を暗記するのは誰にでもできることなのか？

そんな思いがずっと胸の奥底にくすぶっていた。


月に一回、第二王子殿下とお茶会と称して会っていたが、胃が潰れそうだった。

自分に向ける目がとても冷たい。

早く終わらないかと、こんな奴に会いたくないと瞳から伝わってきた。

彼と飲むお茶はいつでもとても苦かった。

彼の前で自分はとても小さくつまらない存在なのだろうと、毎回痛感させられた。

最後に婚約破棄された日、城からひとりぼっちで帰った日、足がとても痛くて、でもそれ以上に胸の中がポッカリと空洞になっていた。

悲しみばかりが襲ってきて、三日間悲鳴を上げるように泣き続けたのだ。


ロレッタはそっと自分の胸に手を当てる。

ルーシュ様の言葉が胸の奥に温もりとなって広がって行く。

第10話　来訪者

以前にルーシュ様に言付かった専用ゲストルームの主が、今日来訪されるというのだ。

私も挨拶をするように言われていた。

挨拶に出るということは、お客様が来訪中は私が侍女として付くからなのだろうか？

そうこうしている内にお客様はお越しになったのだが、様子が普通ではない。

私のことを下から上まで何度も何度も見るというか確認するというか、兎にも角にもその長さが尋常ではない。

「エース家のお仕着せは秀逸なデザインをしているから、きっと君に似合うと思っていた。とても可愛らしい。良く似合っている。今、心のシャッターを切っているから待っていてくれたまえ」

シャッター……。

防寒用の外扉の事だろうか？

しかし文脈が理解しにくい。

お客様はルーシュ様と同じお年頃の方で、名をシリル・エースと言われた。

エース家の親類なのだそうだ。

面立ちはあまり似ていなかったが。

しかし、とても整ったお顔立ちをしていた。

黒縁の眼鏡を掛けていて、その奥は琥珀色の瞳をしている。

あまりお客様を詮索（せんさく）するのははしたないことなのだが、あれは明らかに魔道具の眼鏡である。

普通の眼鏡は視力を微調整するために使うのだが、それは屈折の問題なので、魔道具である必要がない。

違う目的のために使われている眼鏡なのだろうと思う。

手に取って魔力を流せば一発なのだが、恐らく瞳の色を隠しているのではないかと思う。

隠すとは知られたくないからすることだ。

つまり人に瞳の色を知られたくない。

姓がエースなわけだから、紅色なら隠す必要はない。

つまり姓はエースだが紅ではないということになる。

あまりにも長く見つめられたので、はしたなくも状況分析継続中。

エースと名乗ったからには、母方ではなく父方の親類になるのだが、紅の魔術師ではない魔導師ということになる。

色々顕現するのは確かだが、髪が光のような金色をしている。

金髪というのは自然な色ともいうが、私の目には少し自然発生する金色とは違うように見えた。

もっと閃く強い色というか……。

髪の色はそのままにしているのならば、黄金色の魔術師になってしまう。

黄金色といえば……そこまで考えて頭を振った。

「僕はルーシュと商会を立ち上げようと思っていてね。今日はその相談に来たのだよ。度々来ることになると思うから宜しくね」

「宜しくお願い致します」

ロレッタも丁寧に挨拶をする。

エース家の親類の方が、エース家の次期当主を呼び捨てにするだろうか？

ちょっと上からなしゃべり方だった気がする。

ロレッタは金色の髪を凝視した。

僅かに燐光が見える気がする。

暗闇に入れば一発で分かるだろう。

ロレッタは応接室にお客様を案内し、二人分のお茶を用意する。

出て行こうとしたらルーシュ様に呼び止められた。

「今日は魔道具を見せようと思ってね。君が作ったものだから、このシリルにプレゼンをしてごらん。上手くいけば販路に乗せてもらえるかもしれないよ?」

ああ、ルーシュ様がそのように言われると、紅茶を飲んでいた客人が盛大に紅茶を噴いた。

ルーシュ様とエース家の絨毯に紅茶のシミが付いてしまう。

私は水魔法を展開し、紅茶を包むように受け止めて布巾に吸収する。

一滴残らず回収できたでしょうか?

そう思って立ち上がった時、由緒正しきエース家のティーカップが割れた。

お客様から視線を切ったのが敗因だろうか……。

しかし、客人の手前、ティーカップに意識を注ぐのも侍女としては三流だ。

私は素早く頭の中で切り替える。

ティーカップは物だ。

物の価値は人より低い。

当たり前ではないか。

「シリル様、大丈夫ですか?　お怪我はありませんか?」

私は彼の手元を確認する。

すると彼は感動したようにこちらを見る。

「ルーシュ、見たかい。彼女はティーカップではなく僕を心配してくれたよ？」

「……良かったな。ティーカップ代は追って請求しとく」

「もちろん、良い物を贈らせてもらうよ。しかしだな――」

「なんだ？」

「空耳かも知れないが、凄い言葉が聞こえたので、一瞬意識が飛びそうになってね」

「飛ばなくて結構だったな」

「……いや……魔道具がどうとか、君が作ったのがどうのこうのと」

「ちゃんと聞こえているじゃないか？」

「もちろん聞こえたさ。聞こえたが故の現実逃避だろう」

「逃避してないで、戻って来い」

「彼女の優しさで戻ってきたよ。素晴らしい侍女だな」

「もっと褒めてくれてよいぞ」

「いや……あまりにも華麗な魔法展開で、一瞬魔法式が読み込めなかった」

「まあ、速いからな」

「……速いってレベルか？　紅茶の落下速度より、魔法式の構築が速いってのは……最早……」

「まあ、学習レベルではなく実践レベルに到達している」

「……魔法の命は展開の速さだ。実践で長い詠唱なんてしていたら、ものの役には立たないからな。剣士よりも速く詠唱出来なくてはいけない。それが魔法師団のトップ。だが実際のところ、彼らは騎士団と連携しながら戦う。剣よりも速いというのはあくまで理想で、水の落下速度よりも速いというのは……」

そこまで話すと二人は黙り込んでしまった。

「何故？　エース家の侍女？」

「それは俺もたまに思うが……。ものの成り行きというものだろう」

ルーシュ様とシリル様は二人とも頷き合うと溜息を吐いた。

「ところで書類は揃ったのか？」

「ああ。綺麗に揃えといた。当日は伯爵、男爵も呼んである」

「ほう」

「あと、寝室に水差しはいらないからな」

「……泊まって行くのか？」

「当たり前だろう。この日を楽しみにしていたんだ」

「ふーん。お前にロレッタは付けないぞ」

「いや、これは命令だ。泊まりの日は僕付きにするように」

「命令なら公式にどうぞ」

「……公式にこんなことが言えるか」

「ロレッタ」

「はい」

「シリルは結婚二年目だ。既婚者だから覚えておくように」

「!?」

眼鏡の来訪者は絶句した。

言わなくてよいだろうと。

わざわざ言うなよとブツブツブツブツ小さな声で言っている。

内緒だったのでしょうか?

その後、三人で永久如雨露の回路について話し合った。

結構白熱してしまい、気が付くと夜中だったのには驚いた。

この人たち、相当の魔法精通者というかオタク?

というか不敬ながら同族ではないかと思う。

永久水差しの出番がありませんでしたね。

第11話　三人の目元には隈ができました。

ルーシュ様とシリル様が量産化の目処や材料についての検討を始めたのを見て、私はそっと二人から距離を取った。

魔法研究費と称して、エース家から魔道具制作関係の購入費用を頂いていた。

それが学校の研究費とは桁違い、潤沢で良い魔法石が購入できるのだ。

私は魔法石が入った小箱を開ける。

この箱を開ける時、いつも胸がドキドキする。

中は色とりどりの宝石が入っていて、宝物というか、貴重な石達が色々な表情を見せてくれる。

鉱物の世界。

魅了される人が多いのも分かる。

全て小さなものだったが、私の引く魔法回路はシンプルなものが多いので、この石の大きさで充分だった。

今、その一つである琥珀(こはく)色の魔石を取り出す。

とても綺麗な透き通った茶色をしている。

そういえば、琥珀(アンバー)は私のかつての婚約者の瞳の色。

少ないお金を握りしめて行った宝飾店で一番小さなアンバーを買った時のことを思い出した。

苦すぎる思い出。

いつかこの胸の痛みも消える日が来るのかな?

そう思いながら、小さなアンバーに集中する。

先程思い付いた魔法回路があって、魔石に移し込んでみたいと思っていたのだ。

作るのは小さなアクセサリー。

銀色のビーズに魔法回路を描いた宝石を埋め込む作業。

そっと聖魔法を展開した。

琥珀色の光が鮮やかな明滅を繰り返す。

ロレッタの瞳にも琥珀色の光が映り込む。

ビーズの内側に魔法回路が焼き付く。

この魔法回路はこの魔道具が壊れなければ、消えるということはない。

即興であったが、上手くいったと思う。

定着の明滅を繰り返して、魔石が安定する。

実は昨日からずっとこの魔法回路をイメージしていたのだ。

今まで作った水関係とは違うのだが、昨日、シリル様の眼鏡を見ていて思い付いた。

魔石の発光に驚いた二人は、こちらを凝視している。

魔道具の作り方は、まず現物、如雨露(じょうろ)なら如雨露の現物を用意して、そこに自分が彫った魔石を埋め込み定着させる。

この魔石に魔法式を彫り、道具に定着させるのが魔道具師の仕事になる。

彫られている魔法式とは如雨露(じょうろ)であれば水を決まった質量だけ顕現させる式になる。

水を顕現させるためには、水系の力を持った魔法石が必要で大概は色に準ずる。

アクアマリンの魔法石なら水、サファイアも水等(とう)。

天然の鉱石に魔力が含まれているものを魔法石と呼ぶ。

領地に鉱山があれば、領地は相当潤うのではないかという金額で売買される。


「ルーシュ、少し目を離したうちに、何か大変な事が起こっているぞ」

「ああ、魔法石が定着した光だ」

「かの女史は僕らが永久如雨露の魔法式解析に苦労している横で、新たな魔法式を構築したということになるだろうか……」

「考えたくはないが、その可能性が一番高いと思う」

「小さなアクセサリーのようなものに魔石を埋め込んでいたぞ」

「確かに。そこはしっかり凝視した」

「……紅茶を飲んでいなくてよかったな」

「ああ、飲んでいたら、俺たちは魔道具の定着魔法と水魔法の同時展開（マルチキャスト）を見ることになり、気を失っていたかもしれない」

「恐ろしい事を言うなよ、ルーシュ」

「別に俺も言いたいわけじゃないのだが……」

「………同時展開（マルチキャスト）は古今東西の天才魔導師しか使えないと言われている伝説だぞ」

「そうだな。伝説レベルだな。だが氷というのはつまるところ……」

「皆まで言うな」

「……」

ルーシュ様もシリル様も、何故か何度も深呼吸を繰り返している。

「ロレッタ」

「はい」

「何をしていたか聞いていいか？」

「はい」

私はおずおずと、手元の銀色のビーズを二人の前に出す。

小さなヘアビーズだ。髪を一房取りそこにリングのように取り付けるアクセサリー。

これならばとてもシンプルで男性でも髪の一部に着けても違和感がない。

「これは？」

「髪に着ける、アクセサリーです」

「着けると、どうなる」

「……あの、えっと、それは」

私はシリル様に何度か視線を移す。

「シリルがどうかしたのか」

「シリル様がお喜びになるのでは？　と思って作った物だったのですが、よくよく考えると失礼だったのではないかと……」

「シリルに失礼なのは気にしなくていい」

「……ですが。ルーシュ様の親類に失礼があっては……」

「僕宛に作ってくれたの？」

「……はい」

「髪飾りを？」

「…………はい」

「どんな効果が……」

「……あの、なんて言えばよいのか分かりませんが、その眼鏡とセットでご使用になると、よいのではないかと」

「……眼鏡と」

シリル様はおもむろに髪飾りを手に取る。

そして髪の一房にお着けになったのだ。

閃く金色の髪が、亜麻色に変わってゆく。

ああ、大成功！

そんなふうに思った私の側で、一人の青年の顔から眼鏡が落ち、もう一人の青年は驚きを見せた後、楽しげに笑っていた。

一人目の青年の瞳の色は、想像した色でした。


「ルーシュ」

「なんだ？」

「僕は気を失っていないよね？」

「喋っているのだから、失ってはいないだろ？」

「……」

「おい、放心するなよ？」

「……いや、君と違って僕には耐性がないんだよ」

「いや、俺も別に耐性があるわけでは……お前は推し活をしていたんだろ？　詳しいんじゃないのか？」

「……詳しくありたいと願っているが、聖女科とは如何せん距離があり過ぎて……」

「まあ、それ以前に学年が違うからな」

「……そう学年が違うと授業が被らない」

「まったく被らなかったな」

「そうだよ、一個も被ってない。だから僕は不本意ながら遠くから目を凝らすように見ていただけだ」

「それくらいしか選択肢がないからな」

「もちろん権力で強引に機会を作ることはできるが、それはエレガントとはいえない」

「確かにエレガントどころか格好悪い部類だな」

「格好悪いのは良くない」

「良くないな」

二人が謎の会話を続けている間に、私はシリル様が落としてしまった眼鏡を拾いリフレッシュを掛ける。

高価で大切なもののようだったので、侍女である私も大切にするのがセオリーだろう。

その小さな光に反応して二人の会話は止まってしまった。

「ルーシュ、今のはリフレッシュで間違いないか？」

「ああ、じっと見ていた訳じゃなかったが、多分そうだろう」

「……眼鏡にリフレッシュ？」

「まあ、聖女の十八番『浄化』だな。得意なのかも知れない」

「……だからって眼鏡を浄化？」

「客であるお前の物だから、綺麗にしてくれたのだろう」

「普通はどうする？」

「アルコール等で拭くのが普通だ」

「……僕はなんというか日常の小物にリフレッシュが掛かったのを初めて見たぞ」

「確かに浄化というのは、もっと厳かなタイミングで使うよな。騎士の剣とか戦いの中で掛けると効果絶大だ」

「そうそう。そういう此処ぞという時に聖女の浄化が入ると、士気が上がるので『取って置き』という位置にある魔法だ」

「サラッといったな」

「サラッと過ぎた……」

私から眼鏡を受け取ったシリル様は、やはり私を頭の天辺から足先まで何度も見ている。

心のシャッターというものが発動しているのでしょうか？

「君、ちょっと君」

シリル様は動揺されておいでか、ずっと君君言っている。

「君は聖魔法と水魔法が専門だよね？」

「はい」

「じゃあ、なんで髪の色を変える魔法なんて」

「聖魔法は人体に精通した魔法ですからね！　行けるんです」

「行けるんですって……」

口をあんぐり開けられている。

少し変則的な使い方をしてしまったので、驚かせてしまいましたか？


シリル様が固まってしまわれたので、聖魔法と髪色の関係についてお伝えしようと思う。

上手く伝えられるかな？

魔法の事となると、途端に早口ノンストップになってしまうから不安だ。

「あの……。僭越(せんえつ)ながら御説明させて頂きますと。色を構成するには青、赤、黄色の比重が重要になってきます。青をどれだけ入れたか、赤をどれだけ入れたか、黄色をどれだけ入れたか。染色師等はこの配分がしっかりと頭に入っているお仕事だと思います。色に関して言えばもちろん一般教養で魔法科の皆さんもさらっと学んだかも知れません。ただ聖女科は染色師の方、程ではないと思うのですが、色の構成色素についてはがっつりと学びます。必修でした。癒やしの聖魔法に応用するからです。例えば痣（あざ）等を元の皮膚（ひふ）と同じ色に治すような時、この知識が必要になってきます。知らなければ痣を元の皮膚の色に戻すことが難しい。その延長線上に髪の色素配分理解というのがあるのかなと。髪も人体の一部ですので。ですから黄色をベースにどれだけ赤と青を加えるかで茶色が出来上がります。割合作りやすい色ではあります。三色変換ですけども」

赤と青と黄色で現存色は無限に生成される。

全ての色を作ることが可能だ。

先程、眼鏡を拾った時に確認したが、あの眼鏡はレンズ越しに黄色を茶色に変える魔法が掛かっているのだ。

黄色に青を混ぜると緑色になるため、茶色にするためには更に赤を加える。

レンズは透明だが、あの硝子に青と赤を入れ込んでいる。

そしてたぶん、緑色に変える眼鏡の方が一色少ない分安価に出来るはずだ。

シリル様がお持ちの眼鏡は、持ち主の色に合わせた特注品。

紅い瞳のルーシュ様が同じ眼鏡をした場合、黄色が入らないので、多分紫に変化するはず。

……紫の瞳。

変装の意味がまるでないくらい珍しい色味になってしまう。

炎は紅。

水は蒼。

土は黒。

闇は紫。

風は緑黄色が一応魔術師の持つ色になる。

母方と父方が混ざるので、一概には言い切れないが。

私が自分なりの知識で、髪の色を変えたヘアーリングの説明をしている間、シリル様は真剣な表情で私の目をじっと見ていた。

黄色の瞳といえば雷の魔導師だ。

雷は殆ど顕現しない魔法。

炎、水、風、土、の基礎となる四大エレメントではないから。

雷の魔法が顕現した人物といえば、この国で知らぬ者はいない。


建国語りでは、雷の魔導師と炎の魔導師は親友だ。

彼らに上下はない。

同じ村出身の双方にハイブリッド剣士。

彼らは世の中を平定した後に語り合う。

雷の魔導師はこう告げる。

国を二つに分けよう。
一方はアクランド国、もう一方はエース国として。
すると炎の魔導師は首を振る。
俺たちは二人でやって来た。
だからこそ独裁に陥ることなく秩序が保たれていた。
この国は二つの国じゃない。
一つの国を二人で支えているんだ。
そこを忘れるな。
そう言った炎の魔導師に雷の魔導師は言った。
ああ、忘れないさ。
何年経っても、仮令(たとえ)自分が死んでも、意志は我が子の中に受け継がせよう。

アクランド王国は、大陸で一番の大国であり、魔導師の力によって守られた国。
もしも国土が半分の大きさになっていたら、それは大国と言うのだろうか?
もしも守りの盾から炎の魔導師が抜けていたら、魔導大国と言うのだろうか?
魔導師の力は国の力。
大袈裟じゃなく一騎当千(いっきとうせん)だ。
個の栄華より平和を望んだのかもしれない。

炎の魔導師という人は。

シリル様は私の色についての説明にじっと耳を傾けてくれた。

そしてハッキリと言うのだ。

君の魔法への向学心は素晴らしい。

自分の特性や長所というものは、自分では見えにくいし評価が低くなる傾向にあるが、君の長所は僕とルーシュが理解したつもりだ。

大切にして欲しいと。

「君は三色のうち青が何か知っているかい？」

「……」

青が何か……？

という聞き方をするということは、何かに例えている？

首を傾けて考え込むロレッタに、シリル様は少し微笑んだ。

「建国語りは読んだことがある？」

「はい。作家を変えて何冊も読みました。特にお気に入りのものは、王国七賢者が国を平定していく物語風の小説でしょうか」

「最後に雷の魔導師と炎の魔導師は国の平和を願って約束を交わす。これは二人の場面として描かれていることが多いけれど、本当は三人目がいたんだよ？」

「三人目ですか？」

「そう。三人目の魔導師」

「水を司る六大侯爵家初代当主様ですか？」

シリル様は小さく首を横に振った。

「六大侯爵家初代当主も王の盾の一人で、建国の功労者ではあるが、彼に非ず。三人目も彼らの親友。同じ村出身の大魔導師だ」

作品の多くは、雷の魔導師と炎の魔導師が親友で、どこまでも広がる無秩序で理不尽な世界を平定するために立ち上がるのだが、本当は三人で立ち上がったということなのだろうか？

そういえば、一冊だけ紐で綴じられた年代物の本があった。

貸し出し不可どころか閲覧許可が必要な古書だった気がする。

そこには三人の影が描かれていた。


約束とは即ち口約束に非ず。

文字通り魂に刻む。

遺伝子情報に刻む。

つまり本能として受け継がれるものにする為の遺伝子改竄。

人体に精通する聖魔法者が二人の魔導師に術を掛けるのだ。

決して裏切らない、裏切れない、そして解呪不可。

雷と炎は攻撃魔法では一、二位を争う存在。

敵対すれば国が割れる。

だからこの二人の魔導師に背信不可の印として、精神的なものや思想的なものではなく、肉体と魂に盟約を刻む。

聖魔法の中でも禁術に入るかもしれない大魔法だ。

術者は最悪命を落とすかも知れない。

じゃあ、二人の約束が未来永劫踏襲されるようにする為に大魔法を掛けた人物が三人目。

つまり。

「……王妃様」

「当たり」

シリル様はニッコリと笑う。

「そう、三人目は初代国王妃。彼女は聖魔法を得意としていたが、水魔法も使えた多重魔法使い（マルチキャスター）だったんだよ。そして雷の魔導師と炎の魔導師と光の魔導師は親友であり同じ村出身の幼馴染み。つまり蒼の魔術師でもある」

そう言ってシリル様は私の瞳をじっと覗き込む。

綺麗な瞳の色だねとポツリと呟いた。

雷の魔導師と炎の魔導師と光の魔導師は親友であり同じ村出身の幼馴染み。

つまり王立図書館貯蔵の『建国語り』はそうなっていると……。

遙か昔の事だから本当の所はたぶん誰にも分からない。

でも――

光の聖魔導師が使ったという大魔法。

禁術に違いない。

何代にも渡って楔（くさび）を打つ等ということができるのだろうか？

例えば血の中に刻むとして……血は常に新しい血液が生成される。

細胞もそうだ。

骨ですら魔術を刻むのは難しい。

刻めても薄れてしまうのだ。

血ほどではないが代謝され更新される。

では――どこに。

ふとルーシュ様の紅色の瞳と目が合った。

子孫全員に刻むなんて不可能だ。

そもそもその必要がない。

魔力が遺伝していないなら、国を二分するということにはならないからだ。

ということは、血統継承……――。

紅の魔術師がエース家初代。

黄の魔術師が初代国王で。

蒼の魔術師が初代王妃であり大聖女。

色の三原色になぞられた配色。


「ロレッタ」

そこまで考え込んだところで、ルーシュ様に声を掛けられて我に返る。

「シリルの戯言を真に受けるなよ？　王家が持っている建国語りなど王家に都合のよいように改竄されている確率が八割だ。先程の建国語りで言うと、炎の魔導師と雷の魔導師の契約は国民に不安を与えないために捏造(ねつぞう)したのでは？　とも言われている。魔法契約で結ばれている、炎の魔導師は決して王を裏切らないという安心が欲しいのだ。だからそういう事にしている。他の歴史書は六侯爵家と王家の間に結ばれているというのもある。そしてエース家で保管しているものもあるが、結末が少し違う。どれが本当かはハッキリしていないが、六侯爵家所有の物はそれぞれに違うと思うぞ」

……なるほど。

そうなのですね。

「だから、余計なことは考えるなよ？」

……余計なこと。

「王家は王家の権威を見せたい。故に大魔導師であった聖女を一代目王妃として崇めている。これは当然政略だ。雷の魔導師と多重魔法使い（マルチキャスター）の結婚なんて、国民が憧れる最高の組み合わせだからな。第一王妃を大聖女としているだけで、建国王には三人の妃がいた。第二王妃と第三王妃。そこの部分は肖像画すらないが、『英雄色を好む』だ。綺麗じゃない部分だって大量だぞ」

「……」

「ちなみにここにいるシリルは既婚者だが、妻は三人娶る予定らしい。あとの二人も魔導師希望なのだそうだ」

「……シリル様は色を好む……タイプだということですね」

私がシリル様に視線を向けると、彼は手を顔の前で横に振って、否定の仕草をしていた。

「安心して下さいませ。私も色々なタイプの男性がいることを知っているつもりです。英雄ですもの。素敵だと思います」

出来るだけシリル様の個性を尊重するような返答を心がけたつもりだが、どうなのでしょうか？

個人的には沢山の妻、つまり多妻家はとても無理だが、他の方なら個人の考えを尊重するつもりだ。

それにシリル様のお立場ならそうなるのが自然なのだろうと思う。

「雷の遺伝子を残す事はシリル様の務めでもありますものね。皆様も理解していると思います」

既に彼がどこの誰だかは暗黙の了解のようになってしまったが、大丈夫です！

口には出しません。

私も一流の侍女を目指していますから、空気を読めるように努力します。

そう思ってシリル様を見ると、打ち拉がれていた。

アレ？

第12話　大事な話

「想像以上に長居をしてしまった……」

「いや、長くはないだろう。予定通りだ。長いと感じるのは濃密だった所為と、一睡もしていないからじゃないか？」

「そうだな。夢のナイトウエアまでは辿り着けなかったが、成果は充分。むしろ……今後の楽しみとして取っておこう。ただ……僕ら三人が集まると魔法談義になってしまいそうな予感がひしひしとする」

「……確かに。魔法談義で徹夜しそうだ。ナイトウエアは永遠に見られないんじゃないか？」

「……………有意義と欲望は紙一重だな……」

「…………欲望の先に有意義があるから紙一重じゃないぞ。一直線上だ」

「……………推し活とは距離感が重要なのだ」

「ほう」

「大切に愛でるという『大切』というところが重要なんだ」

「へー……」

「分かるか？」

「全然」


目の下に隈を作ったままシリル様は笑いながら馬車に乗り込み帰っていった。

微妙な感じのナチュラルハイだった。

大丈夫でしょうか？

見えなくなるまでお見送りをすると、ルーシュ様の仕事部屋に呼ばれる。

大事な話があるそうだ。

終身雇用のお話だったらいいいな？


部屋をノックすると、入室を許す声が返ってくる。

ルーシュ様も寝不足だろうに休まないのだろうか？


「そこに掛けて」

「？　ソファーにですか？」

「そう。まあ長くなると思うから気楽に。二、三メモを取りたいし。俺が疲れるから着席して」

「……はい」

「明日、シトリー伯爵と夫人が王都に上がる。本館に泊まってもらう予定でいるが色々と分からぬ事もあるだろうから、侍女としてまた娘として伯爵を迎えるように」

「え？」

父と母が王都に来る？

何しに？

旅費は？

「忘れていると思うが、まだ第二王子殿下とは正式に婚約破棄が成立していない。陛下は御出席されるか分からないが、王家からも必ず代表者が出る。そして上級神官の前で正式な破棄証にサインをして受理となる流れだ」

ロレッタはルーシュ様の口から流れ出る言葉を遠くに聞いていた。

あの王子とは会いたくない。

二度と顔を見たくない。

ダンスパーティーでの事は思い出したくもない。

「……私は不参加ではいけませんか？」

口から出た言葉は少し震えていた。

家と家のことだから、サインは私ではなく父がするのだろう。

ならば私は家で待っていても良いはずだ。

「もう学生ではないからな。ロレッタ本人がサインする所もあるし、王家もロレッタの出席を希望している」

「王家が？」

「ああ。一応付随するもろもろの手続きがあってな。一回で済ませるためにも、参加必須だ」

私はルーシュ様の整ったお顔をぼんやりと見ていた。

その顔が微かに滲む。

涙？

私、泣く？

一流の侍女はご主人様の前で泣いたりなんかしない。

私は瞳に魔法展開をし、魔法で涙を拭った。

「大丈夫です。ルーシュ様。私も参加して自分の婚約にけりをつけてきます。成人していますから。嫌な事から逃げると、ずっと嫌な事が纏わり付いて離れなくなってしまう。あれは影です。だから、勇気を出して行ってきます。そしてあのかつての婚約者にさよならを言ってきます。あなたの人生の邪魔をしてすみません。あなたの時間を取らせてすみません。役に立てずにすみません。ココ・ミドルトン男爵令嬢とお幸せに。そして二度とお互いがお互いに関わることがないよう。永久にさよならと伝えます」

ルーシュ様は、私の瞳を覗くように見ていたが、何も言わずに目を細めた。

「君は被害者だ。謝る必要はない。最後の『永久にさよなら』だけ伝えればいいんじゃないか？」

「そうですか？」

「そうだろう。もう顔も見たくない。声も聞きたくない。と内心では思っているだろうが、その部分は声に出さずに、後半の『永久にさよなら』だけならギリギリ不敬にならない。言えば？」

「はい。じゃあその部分だけ力を込めて伝えて参ります」

「健闘を祈る」

「はい」


その後、いくつかの確認事項を済ませると、ルーシュ様から侍女の身には余るお言葉を頂いた。

夜中まで働かせてしまったから、今日はもう休むように、何か温かい飲み物を飲んでゆっくり寝て明日に備えてくれと。


神ですか⁉


自室に戻ると頭から毛布を被る。

指先が冷たい。

明日が怖い。

私は第二王子殿下の前に出ると、スラスラと言葉が出なくなってしまうのだ。

先程水魔法で止めた涙が溢れ出した。

魔法って便利だなと思う。

ルーシュ様にはどうか気付かれていませんように。

私は彼の頭抜けた魔法感知能力を失念していた。

第13話　第二王子、謁見の間

今日は父であるアクランド国王との謁見予定の日だった。

やっと父に対して公式に言いたいことが言える。

王立学園の卒業記念パーティーで当時の婚約者に婚約破棄を宣言したのだ。

とても気分が良かった。

あの銀色の温かみのない髪に冷たい瞳。

いかにも聡明そうな理知的な目をしていた。

聖女等毎日毎日勉強ばかりしている。

お洒落をするわけでもなく、最近の話題を知っているわけでもない。

一緒に居てもつまらぬ存在。

婚約時代から辟易していた。

何を言っても気の利かぬ返事しかできぬ。

少しは第二王子である自分のために話題を提供したり、喜ばせるということはできないのだろうか。

あんなのが妻では生涯退屈する。


婚約破棄宣言をした日から、何故か窮屈な生活をしていた。

しかし今日で自室謹慎も解けるだろう。

謁見後、後日婚約破棄の正式受理が礼拝堂で行われる。

その場で新しい婚約も成される予定だ。

久しぶりにココに会える。

なんせあれ以来、反省？　という意味の分からぬ謹慎処分を受けていたので会えずにいたのだ。

反省とはなんだ？

どうして王子である自分が反省する必要があるのだろう？

反省とは第二聖女がするのだろう？

だって婚約期間中、王子を楽しませることができなかったわけだから。

反省すべきは向こう。

まったくお門違いの自室謹慎などやめてほしいものだ。

ココとの婚約が成立したら、一年以内に正式に結婚の儀を執り行おう。

少し早いが案ずる事はない。

彼女は王子妃としてなんの問題もないのだから。

宮は第二聖女と住む予定だった、東の宮が良いだろう。

あの宮は大変豪奢な作りをしているから楽しみだ。


意気揚々と謁見の間に入り膝を突く。

意外に大げさだな？

王妃や王子が全て顔を揃えている。

そこまでするのか？

「第二王子、栄えある王立学園卒業記念パーティーでの事は聞いておる。発言を許す。面をあげよ」

「父上。私が愛している女性はココ・ミドルトン男爵令嬢です。自分の心に正直になり卒業記念パーティーで答えを出しました。なんら恥じる所はありません。謹慎を解いて頂き、ココ・ミドルトンとの婚約生活を送らせて頂きたい。そして、伯爵家への慰謝料と同等の別財産の相続をお願い申し上げます」

小さな溜息のようなものが聞こえた気がするが、気のせいだろう。

すこし食い気味になってしまったが、一応陛下より先に話し出した訳ではない。

自分の要求は新たな婚約と財産だ。

その二点についてハッキリ伝えられたと思う。

「なるほど、反省の言葉は無しか。ならば『真実の愛』を貫くことを認めよう。しかしそれは王家の意志にあらず。王族とは国を導く者。権力に胡座(あぐら)をかいていても務めは果たせぬ。王家に尽くせぬ王子は王族にあらず。今日限り、第二王子の王族籍を抹消しよう。明日より庶民となり『真実の愛』を貫いてみるがよい。その意志を確認しよう。勤労に就き次第、収入の十パーセントを王家が立て替えた慰謝料の返済に当てるように」

「へ？」

自分の口から、間の抜けた声が漏れる。

父は何を言っているのだろう？

生まれついての王子であるこの俺が王子どころか王族籍ではなくなる？

「……父上、一体何を？」

「聞こえなかったのか？」

「……いえ」

「では、詳細は追って宰相が説明するだろう。下がってよい」

下がってよいと言われて下がれる訳がない。

自分は王子という身分に誇りを持っている。

なぜ、たかが婚約破棄でこんな重い沙汰が下るのだろう？

「父上、自分は庶民になることを希望したのではありません。聖女と結婚しないことを希望したのです。王子を降りる気はありません」

「謹慎中、反省はしたのか？」

「……反省するべきものが見つかりませぬ」

「……では聞こう。王子が聖女を娶らない場合、王家は魔導師の家系ではなくなる。隣国が攻めてきたら誰が立ち向かうのだ？」

「それは六大侯爵家でしょうか？」

そのはずだ。そもそも王家は先頭に立ったりはしないのでは？

「では六大侯爵家当主が『真実の愛』を貫いたらどうなる？」

それは一律に魔力の無い貴族が多くなるだろう。

そうすれば魔力の無い俺とてこんな惨めな思いはしなくなる。

「騎士が戦えばよいだけのことです」

「ならばお前も、その目で確認するがよい。第二王子は王族籍抹消後、一兵士（いっぺいし）として国境に勤務することを命じる。剣を取り国を守る一員となるよう」

「自分は陛下の血を引く尊い身です。一兵卒（いっぺいそつ）となり戦うのは危険が伴います」

「王家の尊き血は血統継承にあり。お前ももう少し歴史を学んで出直してこい」

「自分は王子です。平民ではありません」

「王子なら王子の義務である婚姻を果たすはずだ。義務をないがしろにして、権利だけを主張するか？」

「恋愛感情を大切にするべきです。王族とて一人の人間なのですから」

「ならば恋愛感情を大切にする平民になればよいだけのこと」

「平民にはなりたくありません」

平民になって汗水垂らして働くなんて、虫唾が走る。

生まれながらに崇められて育ったのだ。

俺は王族だ。

「妃が聖女であることに何の価値があるのですか！　それは差別です。魔法等と持って生まれた特権ではないですか！　そんなものに何の価値がある！」

あまりのことに、言葉が乱暴になった。

そうだ魔法等(など)といった生まれ持った特権が許せない。

それだけで特別扱いだ。

「王族は生まれながらの特権階級である。お前は努力して王子という身分を手に入れたのか？」

「……いえ。そういうわけではありませぬが……」

「王とは国の頂(いただき)。王子はその子。もちろん努力で手に入れたものではない。努力で手にしたのは建国王その人のみ。人は持って生まれた身分と魔法素養を選べるわけではない。その中で最善を尽くすだけだ。身分、金、魔法素養、全て平等にあらず。もっと細かく分ければ、孤児、貧困、健康、生まれながらに平等な者などいない。そんな世界に孤児院を建て、寄付をし、王立病院を作り人工的に平等な社会を作るのが、高貴な者の役目。お前は第二聖女を衆人環視の下、こっぴどく振ったらしいじゃないか？　王族のお前がそのような態度を取れば、聖女はこの国に絶望し、亡命したやもしれぬ。然(さ)すれば我が国民が得たであろう聖魔法は他国に流れていた。聖女は怪我や病気を治せる奇跡の魔法を有する。お前が王立病院に赴き、苦しむ者を救えるのか？　病苦の者から聖魔法を取り上げることが差別か？」

「別に病苦の者から聖魔法を取り上げようとは思っておりませんっ」

「ならば何故聖女をないがしろにした！　お前がしたことはそこに繋がるのだ。聞けば第二聖女とは大変な勤勉者らしいではないか、なんの不満がある」

「自分は第二聖女を愛していません！」

「ならばその愛を貫ける身分になるがいい。これは温情判決だ。間違えるな！　仕事を用意し、兵士寮に住めるのだ。有り難く思うがよい。聖女がまだ我が国にあるからの沙汰よ。連れて行け」

王が合図をすると、両脇から衛兵に掴まれた。

「無礼者、何をするのだっ」

「明日からのお前の上司だ。失礼な事を言わぬが身のためだぞ。お前はもう我が子にあらず。心するがよい」

王は下がり、続いて王妃、王太子の順に下がっていった。

元第七側妃も追って、王族籍を剥奪されるだろう。

広い王宮には毒が蔓延（まんえん）する。

毒は静かに薄暗い所から広がってゆく。

第14話　王の執務室

王は執務室で溜息を吐いていた。

自分の血を分けた息子が驕慢(きょうまん)に育ってしまった。

甘やかされて育った人間特有の傲慢(ごうまん)さと視野の狭さだ。

甘やかしとはその名から想像する以上のモンスターを作り出してしまう。

他人を人とも思わぬ所業。

素で全ては自分の思い通りになると勘違いをしている。

人間は自我の芽生えと同時に我のコントロール技術を覚える必要がある。

我のコントロールとは、我に小さな負荷を与えて、心に折り合いを付けていく訓練だ。

欲望と呼ばれるもの達。

幼い頃は、食欲や物欲、長ずれば色欲や金銭欲、怠惰。もちろん欲望とは生きていくためにある程度は必要とする。

しかし欲望をコントロールするのではなく、欲望にコントロールされ始めると不幸の始まりだ。

怠惰の対角にあるものは勤勉だが、いくら魔力を持って生まれた者でも、怠惰であっては魔導師にはなれない。

努力する能力というものは、どうあっても必要になってくる。

それがどうだろう？

あの息子と来たら、欲求不満耐力（フラストレーション・トレランス）皆無だ。

あれは生まれてこの方、全てを自分の思い通りにしてきた者の傲慢さだ。

アレが欲しいと言えば買い与えられ、アレが食べたいといえば与えられ、今期十七だというのに欲望丸出し。

怒鳴って泣いて、欲望を充足させてきた者特有の、知性の欠片もない瞳。

王はもう一度溜息を吐いた。

今から矯正するのはかなり骨の折れることだ。

ああいった人間を作り出す一番の理由は環境なのだが、第七側妃自体に自己改善技術という力の持ち合わせがない。

叱るか甘やかすかの二択で生きているような人間だ。

つまりは稚拙な感情のみで物事を判断している訳だが、家庭教師はまともな者を用意すべきだった。

王の息の掛かった家庭教師もしくは相談役ならば、多少厳しくても首にはできまい。

しかし、過去を悔いても時間の無駄だ。

過去に帰れたりはしないのだから。

取り敢えず監視付きで国境線に送り込み、身分の力なく自己の力のみで生き抜く技術を手に入れてもらおう。

十年二十年掛かるかもしれぬが、モンスターをモンスターのまま野に放てば有害だ。

領地の侯爵にもよく伝えなくては。

決して王子扱いはするなと。

馬鹿に権力と金を持たせると碌(ろく)なことにならない。

馬鹿に育ってしまった以上、無力化、監視、が必須だろう。

ある意味魔力がなくて幸いだった。

王は三度目の溜息を吐いた。

そして同室するよう言い付けてあった王太子を見やる。

同じ血を分けた息子のはずが、こちらは非の打ち所がない息子に育った。

血とは一体なんであろうか？

そもそも王家の血統継承はこの息子に遺伝しているわけで、それだけで立場上恵まれている。

雷の魔導師の誕生は王家にとって悲願だった。

そして王妃の嫡男。

恵まれ過ぎた立場ではあるが、それが故に嫉妬という厄介なものの対象になりやすい。

しかしこの息子、その辺りは自分の技術で捌(さば)いているようだ。

そもそも自分の一番の武器は魔法であると理解し、その剣の手入れに余念がない。

魔導師として大成してしまえば、そうそう他人に侮られることなどない。

雷の大魔導師の前では、どんな人間でも一瞬で消し炭だ。

そして聖女の力。

第二王子と違い聖女の力を高く評価している。

当たり前だ。

毒を盛られたり、怪我を負わされた時に、聖女の力が必要になる。

第一聖女とは付かず離れずの卒の無い関係を続けているらしいが、何か考えがあるのだろう。

そして次期エース家当主であり、筆頭貴族の炎の魔導師とは気の置けない仲らしい。

王太子としての外堀はほぼ埋まっている。

第三王子と第四王子は王太子には逆らわぬ。

手足となって一生こき使われそうだ。

ある意味、甘いだけの善良王子ではない。

性格はともかくとして、為政者としては問題ないだろう。

そもそもこれの母親。

王妃は第一聖女。

第一聖女として聖魔法を極めた者は勤勉だ。

聖女は、魔法素養、勤勉、護身、の三つを兼ね備えている。

故に子供を育てることへもかなりの努力を割く。

実質的な子育ては乳母が行うが、監督は母親だ。

家庭教師の人選から何から手を尽くしていたようだし、任せっきりでもなかったようだ。

その上、自身が魔導師だったのが大きいだろう。
小さな頃は魔法の手ほどきをしていたようだし。
そしてきっと魔法の価値も教え抜いたのだろうな。
つまりは賢母だ。
幼少期に王妃である母親から魔法の楽しさを教えられた。
だからその後も、魔法の勉学に身が入ったのかも知れぬ。
つくづく王妃は聖女という構図はよくできている。
もし第七側妃が王妃だったら、国が傾いていたわ。

王は四度目の溜息を吐く。
溜息は何度吐いても足りぬな。
しかし馬鹿息子の責任は親である自分が取らねばならぬ。
馬鹿は手に余る毒のようなもの。
無毒化は必須事項。
王は五度目の溜息を吐いた。

「ところで……」
王は思考に切りをつけて王太子に問う。

「先日、エース家に泊まったそうだな？」

「はい。とても有意義な時間を過ごせました」

「そうか。して第二聖女の実力は？」

王太子の金色の目が閃く。

「有り体に言って天才です」

「……ほう？」

「聖魔法と水魔法が顕現している多重魔導師（マルチキャスター）というだけでも、類い希（まれ）なる能力ですが、彼女の真価はその魔法展開の速さにあります。息をするように魔法を使う。意識していなければ構築式が読み込めない程でした。そして正確で繊細。魔力消費が非常に低い。魔力の消費が低いということは、それだけ数が打てるということですから、治せる患者の数に違いが出るでしょう。重要な力です。その上、その日に知ったのですが、魔道具作成が趣味のようでして」

「魔道具作成が趣味？」

「そうなのです。小さな日用品を便利なものに変えるような、そういったちょっとした魔道具を作ります。しかも瞬時に――」

王太子は、銀色の小さなリングを王の前に翳（かざ）した。

「これをこのように髪に着けます」

王太子の髪の色が、金髪から亜麻色に変化する。

それだけで他者に与える印象を変えることができる。

「昨日、その場でプレゼントされました」

「……」

「目の色を変えるため、魔道具の眼鏡を掛けていたのですが、セットで使って下さいと」

そこまで言うと、王太子はクスリと笑った。

「私がしていた眼鏡が魔道具だと一発で看破し、変装の精度を上げるために、この髪色を変えるリングをくれたのです。一瞬です。しかも頭の中で設計図を引いて、その場で魔石に魔法回路を焼き付けていました。あんなに魔導式を自由自在に操る者を初めて見ました。彼女の凄さは勤勉性にもあります。数百に上る構築式を暗記していて、状況によってその一部を応用して使うのです。ですから使える式は千に届くのではないかと。いえ多分、応用だけではなくオリジナルも入れるとするならば、その数は聖魔法と水魔法に限定して考えても、夥しい数になるのではないかと……」

「そうか……」

つまり臨機応変に魔法の種類を打てるということになる。

浄化のみ。

回復のみ。

もっと言えば、この種類の回復ならできますというような限定がないという事になる。

それは音楽でいえば、絶対音感のような力をいう。

聴けば無限に弾けるという力だ。

魔法にももちろんある。

絶対魔法感。

それに近いものを持っているという事だ。

ふと、そこまでの者が何故第一聖女ではない？　という疑問が湧く。

そんな訳はないだろう？　と。

この雷の天才魔導師である王太子をして、天才と言わしめた程の聖女だ。

なぜ第二聖女？

第一聖女にそのような力があるとは聞いていない。

だが、王には王の専属聖女がいる。

言わずもがな王妃だ。

長ずればその役目は第三王子や第四王子に移るやも知れぬが、第一聖女の聖魔法を受けることは立場上少ない。

そもそもが王自身が聖魔導師だ。

魔法勘が鈍らないためにも、自身でできることは自身で行う。

第一聖女の聖魔法を受けるのはここに居る王太子の役目。

とあれば――

「……第一聖女の聖魔法はその上を行くと考えてよいのだな？」

「…………いえ、それは」

濁(にご)したか？

「お前は第一聖女に治療を受けたことはあるのだな？」

「ありません。王妃陛下と弟達がいますので……」

「ないのか？」

「はい」

「一度くらい受けてみよ」

「……難しいと思います」

第二聖女を語る時とは口の重さに雲泥の差があるな。

信用していないのか？

もしくはその聖魔法に疑問を持っているか……。

「まあ良い、その件は追々審議する。取り敢えずは第二王子の件よ。分かっておるな」

「はい。後処理は自分が、滞りなく収めてまいります」

「期待しておるぞ」

「はい。実の弟ですからね。良く知っているつもりです」

そう言って、王太子は小さく笑った。

第15話　氷の魔導師

ロレッタは領地から遠路はるばる王都に来る両親を迎える準備をしていた。

思えば結婚の儀で招くのではなく、婚約破棄で招くことになってしまい、両親があまりにも不憫(ふびん)であった。

親不孝にも程がある。


乗ったこともない豪奢(ごうしゃ)な馬車が停まる。

王家が手配した馬車だ。

ということは両親の旅費は王家が出したことになる。

では滞在費は？　と考えると王宮ではなくエース家に泊まるのだからエース家が持つのだろうか？

いや、流石にそんな事はあるまい。

なんせ全然関係ないのだから。

きっとエース家から王家に請求書が行くやつだ。

エース家はその辺り抜かりがない。

父と母に謝らなくては、心配ばかり掛けてしまうから。
しっかりしなきゃと思うのに、私はいつまで経っても親に迷惑を掛けてしまう。
恥ずかしい、顔向けできない。
そんなふうに悩んで下を向いて出迎えたところ、到着した父に下から覗き込まれた。
「ロレッタ泣いてるの?」
「泣いてませんよ?　お父様。水の魔導師は涙など自由自在に操れるんですよ」
「へー……」
それは不憫な特技だね。と父は小さな声で呟いた。
いやもうあなた様が不憫だよ?　と心の中で突っ込む。
領地は借金まみれ、娘は婚約破棄。
婚約破棄ってそうそうないわよね。
あっても円満解消か家同士の意見の相違みたいな。
娘がパーティーで一方的に婚約破棄されるって、親としてはどうなのだろう。
メンツが丸つぶれな気がするけど。
父は薄い空色の瞳にシルバーブロンドの髪をしている。
私のブリザード配色は完全にこの父から遺伝したもので間違いない。
いつまでも青年みたいな人だ。
といってもまだ三十五くらいだろうが。

年齢不詳だと思う。

苦労が顔に出ていないわよね？

「少し休んだら、城に行くからね。迷惑掛けちゃってゴメンね」

「……良いんだよ。久しぶりに王都にタダで来られたし。観光もして帰る予定だよ。しかも観光代も誰かが出してくれるんだよ。嬉しいよね」

そう言って父はニコニコしていた。

父平和だな。

これから恐ろしいことが始まるのに。

その後観光って。

のん気というか図太いというかマイペースというか。

掴み所の無い人だよね。

誰かって？

観光代出すの誰よ？

流石に王家な訳なくない？

「ああ、でも兄上に顔を出すように言われているんだよ。困ったな……。十中八九苦言だろうな。ああそうだ、聞かなかったことにしておこう。聞いたのは王都を出た後ということにして流そう」

「それじゃあ伯父様に怒られませんか？」

「……大丈夫大丈夫。最近怒りん坊さんでさ。直接聞くより手紙で貰った方が端折れるし。子供の頃は心が広かったのにね？　不思議だね………？」

お父様……それは領地経営の悪化によって……怒るしかなくなったのでは……？

真の不憫は伯父様だろうか……。

「やれ、お前は領地経営がずさんだ。やれ魔法学の研究を続けろって。僕は感性タイプだって言ってるのに」

少しは研究して下さい。

父にとっては婚約破棄よりも、伯父様への面会の方が心労の比重が大きいのかしら、ちょっと不敬な気がする。

「……でも、お小遣いを貰えるかもしれない。行くべきかな？　ロレッタ」

三十五になって、兄から小遣い貰うな！

ホント止めて！

伯父さん、私が代わりに謝ります。

でも婚約破棄されたことをきっと怒られそう。

一時間くらいお説教されるかもしれない。

「ロレッタ？　王都観光は一緒に行けるの？」

父の後から降りてきた母は、開口一番そう言った。

父も父なら母も母。

普通父親が呑気ならバランスとして、母はしっかりするものじゃないのかしら？

「母親は、欠席しちゃ駄目かしら？　どうせ当主にしか用ないわよね？　こういうの。胃が痛くなることは避けたいわー」

この人、間違いなく私の母親だわ。

思考回路が一緒だもの。

私もルーシュ様に聞いた時、欠席したいと言ったし。

ああ、性格はこの人に似たのかしら？

だからどちらかというと弱気でうっかりしているのかしら。

ルーシュ様は朝からお出かけになっているし、私はこの両親と少し休んで城に行こうと思う。

あの日以来の王城になる。

服は聖女の正装で行く。

第二聖女はその証としてベールに線が二本入るのだ。

式典や公式な行事に着用する。

白と紺の聖職着。

第Ⅰ種制服のようなものだ。

ちなみに簡易版のⅡ種もある。

私は王城へエース家の馬車で向かっていた。

ルーシュ様が事前に用意してくれていたものだ。

それだけであの日とは違うのだと感じた。


あの日は、来ることのないエスコートを待ち続けていた。

そして慣れぬドレスを着て一人王城に向かったのだ。

既に心細かったのを覚えている。

周りの人は皆、馬車で来ていたし、ペアで来ていた。

ドレスはとても歩きにくかったし、踵の高い靴はバランスを取るのが難しい。

石畳を歩く時はグラついてしまう。

あの日、何故私は一人でダンスパーティーに行ったのだろう？

既に嫌な予感はひしひしとしていた。

欠席すれば良かったのだ。

体調が悪いですと一言伝えればよかった。

それが出来ないから敵の罠にまんまと嵌る。

蜘蛛が糸を張るように、何日も前から用意されていた罠。

捕らわれて、見せしめにされた。

甚振られた。

私は第二王子という自分の婚約者と、その事実上の恋人にわざと笑いものにされたのだ。

彼らがお膳立てした罠の中で。

そこまで考えると、気持ちが暗く沈んでゆく。

人の悪意が怖いのだ。

窓から外の景色を見る。

ただただ視線の先が移ろいゆく。

悪意を向けられると足が竦んでしまう。

またあの日が再現されたらどうすればよいのだろうか？


「ロレッタ？」

黙り込んでしまった私に父が名前を呼ぶ。

「落ち込んでいるの？」

私は向かいに座っている父を見る。

あまり表情に出ない人だから、何を考えているか分からない。

もしくは何も考えていない、シンプルな人かも知れないが……。

「落ち込む必要はないよ？　今日は婚約破棄証に印を押してお終（しま）い。君が先日相手にしたのは第二王子だが、今日は王家が相手だ。そしてこの場を用意したのは第二王子ではない。それならば、あんなに立派な馬車が僕らを迎えに来る訳はないからね。だから――きっと大丈夫。ささっと印を押してとっとと退散しよう」

「お父様は、第二王子殿下との婚約破棄は残念ではないのですか？」

「ちっとも残念じゃないさ。結婚祝いがたんまり入って、領地は少しばかり潤ったかもしれないけれど、それで毎日娘が泣いていたんじゃ割に合わないよ？　そもそもお父様は今でこそ貧乏伯爵だけどね、生まれてこの方お金に困ったことはないんだ」

いや……。

今、正に困っているでしょうよ？

「大丈夫大丈夫。僕らが路頭に迷うことは未来永劫ないと思うよ？　仮令伯爵家が没落しても、僕らはきっと大丈夫」

凄い自信ですね？

大分根拠が無さそうですが……。

「兄上がついている。最近は苦言ばかりの兄上だけど、僕のことを見放すはずはないからね」

「……なんでそんなに自信満々なんですか？」

父は待ってましたとばかりにニッコリと笑う。

「君は実の弟が路頭に迷ったらどうするの？」

「助けます」

「即答だね」

「もちろんです。可愛い弟ですから」

「そういうことだよ」

ロレッタは少し首を傾ける。

「お父様と伯父様は仲が良い兄弟でしたっけ？」

そんなことを聞いたのは初めてだ。

「今回の婚約破棄については、一番に兄上から教えて頂いた。どこかでこっそり見ているんだろうね」

「そうなのですか？」

「そうだよ。兄上は六大侯爵家の当主だよ？　君もエース家にお世話になっているなら知っていると思うけど、他の貴族とは権勢が違う」

確かに六大侯爵家は、他の貴族と一線を画するのは分かるが。

「それにしては、お父様のことを放置してませんか？」

「可愛い子には旅をさせよ。だよ」

「お父様は別に可愛くは……」

「君にとってはね。でも兄にとってはいつまでも手の掛かる可愛い弟なんだろうね」

父はくすくすと笑っている。

「僕に魔法の手ほどきをしてくれたのは兄上だよ？　ずっと昔からダダ洩れなんだよね」

「何がですか？」

「俺の弟天才か⁉　なんて可愛くて賢い弟なんだ。きっと稀代の天才魔導師になるぞ。このシルバーブロンドの髪とアイスブルーの瞳を見ろ。これがその証だ。という心の声が」

「……期待を裏切ったんですか？」

「そんな事はない。期待に応えたんだよ」

「そうは見えませんよ？」

父は笑いながら胸のポケットから小さな木箱を取り出した。

「開けてごらん？」

ロレッタが蓋を開くと、冷気が漂った。

中には氷漬けになった葡萄が三粒だけ入っていた。

「凍ってる？」

凄い。

氷を維持しているんだ。

この箱の中だけ零下。

どういう仕組みだろう？

魔道具よね？

もしくは魔力をずっと流しているか……。

どちらにしろ現存しない概念だわ。

「食べてごらん」

ロレッタは一粒口に含んだ。

甘い。

そして冷たい。

美味しい！

「元気が出た？」

葡萄の甘酸っぱさと、シャリシャリとした果肉が口の中に広がっていく。

「兄上はどれくらい、お小遣いをくれるかな？」

そう言って父は目を細めて笑った。

第16話　王城の礼拝堂

王城内にある礼拝堂は司教区にある大聖堂ではないのだが、それでも立派な造りをしている。

王族の結婚の儀は全てここで執り行われ、歴史もある。

そこに父、母、私の順に入場し、席に着いた。

聖女の正装はドレスより余程落ち着く。

こちらの方が自分に合っているのだ。

踵（かかと）も低いし、神の御前で敬虔な気持ちになれる。

父が言うように、気持ちをしっかり持って、とっとと終わらせよう。

もし私がサインをする所があったら食い気味にサインをしようとすら思う。

少し経ってから、衛兵に付き添われてやって来た第二王子殿下は何だか少しやつれていた。

隈ができてないか？

誰が見ても憔悴(しょうすい)している。

シトリー伯爵家、ミドルトン男爵家、そして最後に王家代表が護衛と共に現れる。

その姿を見た時、ロレッタは少なからぬ時間処理落ちした。

分かっていたが、分かっていなかった。

白地の服に金のライン。

白のマントに黄色の裏地。

あれは雷の魔導師にだけ羽織る事が許された禁色(きんじき)なのでは。

エース家で会った時の様相(ようそう)とは似て非なるもの。

王族オーラ。

落差が凄すぎて現実が現実と認識できない。

人違いだと言いたいくらい。

そこにいるのは、アクランド王国王太子殿下、その人だった。

婚約破棄式に出席する？

代理で宰相とか公爵とかでもよくない？

だって王太子殿下といえば、雷の血統継承保持者としてその名を国内外に轟かせている魔法大国アクランド王国次期国王だよ？

ロレッタは何度も瞬いた。

しかし、あまり不自然な態度を取っては他者の目に留まってしまう。

平然と。

平然としなければ。

平然。

無表情なタイプで良かった。

私は変な部分で安堵の息を漏らす。

そんな私の困惑はまるでなかったように、事は進んでゆく。

上級神官と他の神官が揃ったところで今日の婚約破棄式を執り行う神官が挨拶をする。

男爵家はココ本人と当主の二人しかいない。

夫人は欠席ね。

確かに男爵夫人はココの母親ではないし、気まずいのかもしれない。

「では、これよりアクランド王家元第二王子バーランド・レイ・アクランドとシトリー伯爵家令嬢ロレッタ・シトリーとの婚約破棄を執り行い、平民ココと昨日付で王家より除籍になった平民バーランドの婚約式を執り行います。平民の婚約式をこの礼拝堂で執り行う事は異例ではありますが、列席関係者の身分を考慮し、特別に許可が下りました」

「?」

今、平民って言った？

え？

「……平民ですか？」

「平民です」

厳かな開式の言葉に、何故か私は疑問を挟んでしまった。

神官様も丁寧に答えて下さる。

「え？　平民とは？」

「ここにいるバーランドは、正式に王族籍を剥奪されてね、晴れて『真実の愛』を貫ける自由な平民になったたって訳だよ」

話を引き継いで下さったのは、王家の代表。

雷の魔導師である王太子殿下。

先日、私はこの方がシリル様という御名の時に会っている。

その時に既に正体はある程度予測は付いていたのだが、目の当たりにするとやっぱり尻込みをしてしまう。

バーションが違うのだ。

今は優雅で高貴で。誰⁉︎　的な。

というか、王太子殿下、私の婚約破棄式で何をやっておいでなのですか？

王家の代表が何故王太子殿下なのですか？　どういう流れで？？？

その上、説明役をナチュラルに引き受けている……。

「ココはミドルトン家に引き取られているが、正式な養子にはなっていない。引き取られた、そこに暮らしているという事実だけで元から平民だから」

「そうなのですか？」

「そうなのだよ。本人はココ・ミドルトンと名乗っていたのかも知れないけれど、正式な戸籍名はココで間違いない。王立学園へは男爵の推薦で入学したが、歴とした平民。教養科は貴族の推薦があると入れるから。ちなみに魔法科は魔力があると入れる。どちらも庶民に門戸を開いていない訳じゃない。まあ、九十九パーセント貴族だけど」

今まで、ずっと男爵令嬢だと思い込んでいた。

男爵の子ということは事実ではあるけれど、戸籍は男爵令嬢ではない。

そこは夫人の考えか、様子を見てから養女にするつもりだったかは分からないけれど。

今のところは平民だと。

そしてもっと驚いているのは、第二王子殿下の除籍だ。

アクランドに名を連ねる事を拒否された。

正式に王子は王子ではなくなった。

私は顔を上げて、元第二王子殿下を見る。

そして鋭い眼光で睨まれた。

怖い。

あの不遜で、王子という身分をどこまでも鼻に掛けて威張り散らしていた人が、王子ではなくなった。

私との婚約破棄を機に。

「庶民同士の結婚になるのですね？」

「そう。ココは庶民で、バーランドも庶民だから。政略結婚ではなく『真実の愛』という名の素敵な結婚だよ？　王家代表として祝福するつもりだ。まあ結婚式には当然参列しないけれども」

「……そうですね。王太子殿下が庶民同士の結婚式に参列しては目立ってしまいますものね」

「そうそう。目立つのは良くないでしょ？　王家の者は誰も参列しない」

「もちろんミドルトン家の者も参列しません」

「………」

男爵が突然慌てたように会話に入ってくる。

ミドルトン家も参列しないのですね？

慎ましやかな結婚式になりそうです。

お友達を呼ぶのでしょうか？

それはそれで楽しそうではありますが。

私は元第二王子殿下を見る。

やはり睨んでいる。

もう見ないことにします。

怖いし。

そうこうしている内に、差し出される書類を速読し、父がどんどん印とサインの山を築いていている。

凄い量なんですけど？

父、大丈夫？

ちゃんと読んでる？

私は父が一番最初にサインをした婚約破棄証だけ、しっかり目にした。

玉璽（ぎょくじ）も押してある。

第二王子のサインも入っている。

そして父から受け取り私も食い気味にサインをした。

これが一番嬉しい。

これを貰いに今日は来たと言っても過言ではない。

これで晴れて私と元第二王子殿下は他人だ。

王都観光に行きたい。

心の曇りが晴れていくようだ。

でも王都観光って本当に誰が払うの？

私も行ってよいのかしら？

「おい」

「え？」

突然元第二王子殿下から乱暴な声を掛けられ我に返った。

「え？」

「全て受け取り拒否をして戻すように」

「？」

私は意味が分からず首を傾ける。

受け取り拒否？

婚約破棄証書は絶対に譲れない。

これは私の侍女長という夢に向かって歩むために必要な書類だ。

「受け取り拒否とは？」

私の飲み込みの遅さに焦れたのか元第二王子殿下がイライラとした口調で言ってくる。

「今、お前の父親がサインをしている大量の書類だ。あれは王家からシトリー家への婚約破棄によって発生した慰謝料だ。シトリー家で受け取り拒否をすれば、王家に戻ってくる」

慰謝料。

こんなに大量に書類があるんだ……。

王家からシトリー家への誠意のようなものだろうか。

「バーランド君」

何故か今までずっと黙っていた父が口を開いた。

「何ですか」

「婚約式以来だね、君と会うのは」

「そうなりますね。シトリー伯爵」

バーランド君って呼んだ⁉

敬称は？

付けないの？

一応元第二王子だよ？

元第二王子も不愉快そうな顔をしているよ？

「僕はね、生まれてこの方、身分や権威に困ったことは一度もないんだよね。生まれは六大侯爵家であるセイヤーズ家の正妻の次男だし、兄は弟を大切に思う人でね、兄弟仲が良かったんだ」

「……それが？」

「君も知っての通り、六大侯爵家は魔力と権威と金に恵まれている。その恩恵を多分に受けて育ったよ」

「はあ」

「もちろん。そのセイヤーズ家は僕の誇りでもある。セイヤーズ一族であることが自信でもあるんだ。君、よく全部捨てたね？　王家の身分と権威と金。一つも残さず捨てたんだね。ちなみに慰謝料はもちろん受け取り拒否はしない。これは王立学園の卒業記念パーティーで娘のロレッタが受けた傷に対する謝罪だからね。全部受け取る。傷はお金では治らないけれど、何もないよりはましだよ。娘が再出発する時に支えてくれるものだからね。これだけあれば、彼女を大学に行かせる事もできる。そうすれば聖魔法をもっと極めることができる。彼女の人生を支えてくれるものだから。

親である僕が君のために受け取り拒否する訳がない。僕はロレッタの親だから。立場によって人の考えは変わるんだよ。皆が皆、君の立場から世界を見ている訳ではないのだから。僕は彼女の親として世界を見ている。僕にとっては、君が一文無しになろうと、身分が剥奪されようと、権威を失おうと、関係ないから。自分のために他人を脅さないでね。もう一度言うよ、受け取り拒否はしない。そしてロレッタを脅しても無駄。この受取人はロレッタではなくシトリー家宛てだ。そしてシトリー家にはセイヤーズ家が付いている。脅しには屈しない。分かってくれた？」

氷の魔導師は微笑みながら、実家の権威を最大限に利用した。

なんだろう？

大人とは思えない手口です。

でもお父様、意外に口が回る上に金に貪欲で、身分を笠に着て、虎の威を借る狐タイプなんですね。もの凄く次男ぽいです。

私の前ではセイヤーズ家の話などしたことなかったのに。

いまいちシトリー家に誇りを持っていなそうだなというのは分かっていましたが。

シトリー家などセイヤーズ家の一部くらいに思っているのかしらね。

そもそもセイヤーズ家の飛び地みたいだし。

「バーランド君」

お父様がまだまだ喋る気でいます。

もちろん敬称なしです。

少し慣れてきました。

「君は、この大額の慰謝料に疑問を感じているよね？　何故シトリー家へこれ程払われる？　と思っているかな？　もちろんミドルトン家預かりのココさんが同じように婚約破棄されてもこんなに大量の慰謝料は払われないよ？」

お父様がミドルトン男爵の前でとんでもない事を言い出した。

男爵が目の前に居るの忘れてる？

それともわざとなの⁉

「この慰謝料は、王家が娘のロレッタに付けた価値だよ。聖魔法と水魔法を使いこなす彼女の価値をお金に換算しているんだよ。ロレッタが今後生むであろうポーション、治癒代、治水開発代等々、挙げれば切りが無い。これを算出するには聖女科在学時の成績表が参考にされる。ロレッタの成績はS。オールSだよ。なかなか取れないよね？　親として誇りに思うよ。彼女の努力への証。目に見える評価。ココさんの成績はそれほど良くないよね？　才媛だなんて聞いたことないし、急ぎ調べたけど、勉学には熱心じゃないと聞いているよ。だからそんなに慰謝料は出ないんじゃないかな？」

調べたんですね？

多分セイヤーズ家のお兄様が……。

「そして彼女は腐っても伯爵令嬢。伯爵家の長女だし、戸籍もロレッタ・シトリーとなっている。当たり前だけどね、当主と本妻の子だよ。だから慰謝料はこの家に対する価値という部分でも計算される。二つ目の評価ポイントだよ？　シトリー伯爵家なんて弱小だけどね、まあセイヤーズ家の一部みたいなものだから、セイヤーズが後見しているものとして価値基準を決める訳だ。六大侯爵家は建国からの王の盾。水の魔導師の一族。国境線を守ってきている訳だよ、代々ね。王家への貢献もミドルトン家とは比ぶべくもない。ミドルトン家が守れるの？　というのが正直なところだし」

凄いミドルトン家をこき下ろしてる。

ミドルトン男爵はこの話をどう聞いているのだろう？

私が男爵へと視線を移すと、小刻みに震えていた。

怒りではなく六大侯爵家を敵に回してしまったという恐怖で青ざめ震えている。

「そして三つ目。彼女の中に流れる魔法素養。彼女の中に流れるのは水の魔導師直系の血族図。それだけでも将来産むであろう子供への価値は大変高く評価される。そして彼女の母親は公爵令嬢であり、光の魔法継承も入っている。祖母は王女で曾祖母は第一聖女であり、王妃であり国母。その魔力への価値が高く評価されているんだよ？　だって彼女は魔導師と結婚さえすれば魔導師を産む系譜になるからね。だからね――」

そこまで言うと、お父様は私に向かって分厚い書類の束を見せ微笑んだ。

「これは君の価値なんだ。素晴らしいよね」

まるで自慢の娘を見るように優しく微笑む。

「元第二王子のバーランド君が捨てたものの総額分かるかな？　きっと君の第二の人生がスタート

すれば、その価値の計り知れなさが分かるかもしれないね……。怪我をした時、すぐに治してもらえない痛み。空腹でも食べ物がない惨めさ。働いても働いても暮らしが楽にならない現実。君は元王子だから誰かに頼めば施しくらいは受けられるかも知れないけれど。感謝を知らない人間に施しは続かないものだし、『真実の愛』って凄いね。僕なら決して捨てないだろうね。身分も金も権威も」

お父様がまるでダメ押しのように、元第二王子に語っている。

いや、不味くないかな？

彼はすぐにでも爆発しそうな程、怒りを溜め込んでいる。

お父様、相手を見てください。

そんな涼しい顔で高みからお説教のような事をしないでください。

身分とお金の計り知れない価値って、お父様は分かっているんですか？

あなたずっと坊ちゃんじゃないですか？

今しがた自信満々にセイヤーズ家のお兄様に守ってもらっているようなこと、言ってましたよね？

お金はまったく無いが、飢えるということもないって。

そういえばお母様の生まれは尊い血筋で、公爵家に生まれた公爵令嬢だ。

実母が王女でお祖母様が王妃。

生粋の聖魔法の家系と言っても過言ではない。

ちなみに母の父は公爵家当主であり聖魔導師。

聖女は基本王家が独占しているのだが、王女は結婚と同時に降嫁、もしくは魔導師の婿を取る。

王族のまま聖女として公務を続けてもよいのだが、基本、婚姻は結ぶ。

そうすることで、次世代で聖女が減ることを抑えているのだ。

お母様の場合、聖魔法の魔力素養を持って生まれ、聖女になり、王子妃になる流れが自然となる。

ただ、兄弟同士の子供、つまり従兄弟の場合は、王子妃を免除されることが多い。

駄目という程ではないのだが、公爵家がそもそも王家の親族で、そこに王女が降嫁してできた娘なので、親族過ぎるという考えなのかもしれない。

しかし、母は聖魔導師だけど聖女だったとは聞いてない？

詳しくその辺り聞いてみたいな。

良い機会だから昔の話でも聞いてみよう。

「……シトリー伯爵」

第二王子が重い口を開く。

「別に身分も金も権威も捨てた覚えはない。自分は第二聖女との婚約破棄を希望しただけだ。元より身分と権威の価値は分かっている。だから事の成り行きに驚いているくらいだ」

「ほう？　では卒業記念パーティーで一方的に娘を振った時は、そんなつもりは微塵もなかったと」

「もちろん。微塵もない。そもそも王子である事に誇りを持っている。あなたにとってのセイヤーズ家と同じだ」

「それはそれは」

「だから、今も元に戻る方法を考えている。元に戻れば、いくらあなたが権勢を誇る六大侯爵家の次男だとしても、王家の方が身分は上だ。シトリー伯爵等に後れを取る存在ではない」

「確かに、戻れば身分は上だね。しかしバーランド君の考えを知りたい。身分は戻っても聖女を娶らなければ、行く行くは臣籍降下（しんせきこうか）することになる。公爵家及び侯爵家の当主条件は魔導師。すると伯爵以下に降下することになる。身分が上とは言い難いよ？　どうするの。知っていると思うがミドルトン男爵家には息子がいる。そしてココさんは平民。平民で王族になれるのは魔導師のみ。知っているよね？」

「伯爵、そんな条件は今知った」

「今、知ったんだ」

「そんな魔導師優勢の法など変えればよいだけのこと」

「へー。変えるんだ。凄い意気込みだね。ガンバレ」

お父様のガンバレが棒読みになっている。

全然応援なんかしてない。

してないどころか自分の都合で法を変えていく馬鹿？　くらいに見ている。

「おい」

「……何でしょうか」

お父様ではなく私に矛先が向いた。

「お前は俺が大好きなんだよな？　分かっているんだぞ。あの日着ていたドレスは俺の瞳の色をしていた」

それ黒歴史です。

「だから、俺がしばらく可愛がってやる。婚約破棄は法が変わるまで延期しよう。それが一番良いだろう。お前は大好きな俺といられる。俺は王子でいられる。ココは賢くて聞き分けの良い女だからな、暫くは恋人のまま待たせても大丈夫だ」

私は絶句した。

酷い男だ。

言葉にならないくらいの屑。

私は目の前に座っている利己的な男を見る。

こんな男の何が好きだったのだろう?

いや好きとかじゃないと思う。

それこそ政略結婚の最たるものだったのだから。

そういうものと思っていただけだ。

あの日あの時、茶色いドレスを纏っていたのは、彼に恥をかかせない為だった。

婚約者がお互いの瞳の色を身につけるのは礼儀のような決まりだから。

だからなんの迷いもなく、茶色いドレスと琥珀を買った。

そして売った。

もう手元には残ってない。

茶色のドレスは二度と着ない。

そもそも私に似合わない。

全然似合わなかったのだ。


私はあまりの暴言に首を振った。

声がすぐには出なかったから、首を何度も何度も振った。

何を言っているのだこの男は。

卒業記念パーティーで私を完膚なきまでに振っておいて、その舌の根も乾かぬうちに、婚約破棄を撤回するとは。

しかも法が変わるまでの暫定期間だけ。

「……いやです」

私は震える声を喉から絞り出す。

いや。

この人の声を聞きたくない。

側にいたくない。

顔も見たくない。

「おいっ、今なんて言ったんだ。しっかり言え！　俺のことが好きなんだろ、婚約破棄を撤回しますだろ！」

「………」

喉が押し潰されて声にならない。

早く言い返さないと。

お父様みたいにスマートに。

セイヤーズ家の威を借りた嫌みを。

「もういい。それを貸せ」

私は先程から大切に婚約破棄証書を両手で握りしめていた。

とても大切なものだから、ずっと持っていたのだ。

私が侍女になる為に必要な書類。

エース家に終身雇用してもらうんだ。

それが今の私の夢だから。

これが無ければ一歩を踏み出せない。

「早く貸せ！　破り捨ててやる」

いやっ！

止めて！

棒立ちになっている私に向かって乱暴に手が伸ばされる。

あと少しで、第二王子殿下の腕が私に届くという距離で、突如彼の右腕が燃え上がった。


え？

燃えた。
蒼い炎。
だがしかし、次の瞬間には彼の右腕は凍り付いていた。
蒼い炎は紅い炎より温度が高いと言われている。
蒼い炎を継ぐものは、炎の一族の血統継承。
水の魔術師でいう、氷と同じ扱いだ。
蒼い炎が紡がれた。

私は元第二王子殿下の存在も忘れ、辺りを見回す。
そして自分の背中に温かい手が回されたのが分かった。
神官様？
この場に神官は四名。
上級神官が二人と、アシストしてくれている下級神官が二人。
下級神官の一人は黒縁の眼鏡を掛けていて、その奥の瞳が鮮やかな紫色をしている。
——魔道具の眼鏡。
ルーシュ様⁉

いつもと瞳の色が違うけれど、あの眼鏡の奥の瞳はルーシュ様のもの。

先日シリル様が着けていた魔道具だ。

髪には私が作った銀色のリング型のヘアビーズが着いている。

髪も紫色に変化している。

あの魔道具はシリル様の黄色の髪を亜麻色に変化させる為に色を添加したもので、黄色は亜麻色に、紅は紫に変える。

その紫色の瞳がまるで大丈夫だよと言うように、こちらを見ている。

今朝、彼は早くに出かけていなかった。

王城に来ていたのだ。

私がルーシュ様の神官姿に茫然としていると、一拍置いて、父が彼に向かって少し微笑んだように思う。

「……氷はね、水と違う所は固形だという所だよね。物質は一緒なんだけど、使い方が違ってくる。水は拘束には向いていないけど、氷は相手の動きを止めるのに向いている。一発だ。足を凍らせれば、歩みが止まるし、体を凍らせれば動きが止まる。顔を凍り付かせれば息が止まる。特別な訓練をしていない限り、四分でブラックアウトして十分で死亡。使う時は長さが重要になってくるんだよね」

父の氷魔法の講説が何故か淡々と紡がれる。

「そして人の温かい血が凍る温度はマイナス十八度と言われている。意外に温度にも気を遣うんだ

よね。人の体温は三十七度平均。まあ、これが氷によって急速に冷やされて、マイナス十八度になると、血と細胞が凍り始める。急いだ方が良いんじゃない？」

父の視線は促すように王太子殿下に注がれた。

王太子殿下は我に返ったように、元第二王子であるバーランドを連れて行くよう衛兵に指示する。

「弟は湯浴みの時間だ。連れて行け、上がったら第一聖女を待機させておくように」

王太子殿下がテキパキと指示を出し、元第二王子はなんの抵抗もなく連れて行かれた。

ショックで言葉も出ないらしい。

それは自分の手が一瞬で燃えて凍れば衝撃で口を開けなくなるかと思う。

燃えたのは一瞬だから、多分火傷という事はないはず。

もしもあったとしても皮膚が少し赤くなりヒリヒリするくらいだ。

氷もあの短時間なので腕が氷点下に入る事はない。

あの氷はとても薄かった。

元第二王子殿下はショックを受けて固まっていたが、自分で割れるくらいの氷の厚さだったように思う。

お父様がかなり微調整した氷だ。

怪我が残るという事はない。

軽度の霜焼けになる可能性はあるが、血が凍るレベルではない。

父の目的は相手の動きを止める事ではなく、火を消す事だったのだと思う。

水ではなく氷を使ったのは、多分私が使ったと思われない為に、わざと水魔法は避けたのだ。

あとは元第二王子にショックを与える為か？

私は飄々（ひょうひょう）としている父を見遣った。

この人天才だ。

魔導師として私は足下にも及ばない。

あの一瞬で、火を消す為に薄い氷魔法を展開した。

氷は水より数百倍繊細な魔術だ。

魔術を発現させ、命令を下す時に水は水だが氷は指示量が違う。

指示量は魔術の展開に影響するものなのだが、秒速だった。

つまり通常の顕現よりも必要な処理能力が段違い。

私は父に視線を注ぐ。

この人……なんで貧乏伯爵なんだろう……。

第17話　六芒星の守りの府

王太子殿下がテキパキと指示を出し、元第二王子はなんの抵抗もなく連れて行かれた。

残った私たちも元第二王子に負けず劣らず茫然としていた。

茫然としていないのは氷の魔術を展開した張本人と、いち早く我に返った王太子殿下だろうか。

二人とも一流の魔導師なので、耐性が強いのかもしれないが……。

そんな中、カタカタカタカタと小刻みに震える音が、礼拝堂に響いている。

ミドルトン男爵が震えている音……。

「ココは私とかつて私の屋敷に勤めていたメイドの子です。今までは生活費を負担し、この親子が路頭に迷わないように面倒を見てきました。王立学園への入学もココと元メイドである母親の希望で入れました。けれど、彼女も卒業し、成人しました。妻との約束でもありますから成人と同時に援助は打ち切り、縁は絶ち切るつもりです。もちろん一両日中に荷物を纏めさせ、母親の元に返します。六侯爵家に逆らうつもりなど毛頭ありません。私も貴族の端くれです。この国が六芒星の守りによって平和が保たれていることくらい知っています。ココは勘当し、以後娘と思うことはありません……」

最後は消え入るような声だったが、ミドルトン男爵は震える声で話し切った。

そしてまだ震えている。

ちなみに六芒星の守りとは六大侯爵家が守る国境線である。

六カ所に配置され、中央の王家を守る形だ。

そしてこの六カ所の領地は王家にとって重要な産業の要でもある。

海は塩。

山は鉄など国にとって外せない富と力。

「心配はない。弟のサインは全て貰ってあるからね。手続きを再開しよう」

いち早く立ち直った王太子殿下は涼やかな顔で続けた。

シリル様、なんとなく頼りになります。

流石(さすが)弟が四人もいる王太子殿下といったところでしょうか。

ルーシュ様はというと、何事も無かったように神官として控えている。

こちらも既に平常運転です。

それにしても全身白い神官服に、紫の髪色が映える。

どうして今まで気づかなかったのだろう？

そう思うくらい洗練された神官だ。

下級神官として溶け込んでいたことに驚く。

眼鏡も理知的だと思う。

今度、黄色と蒼を入れた眼鏡をプレゼントしよう。

そうすればルーシュ様の瞳は茶色になり尚(なお)一層目立たなくなる。

いや紫の瞳も素敵ですけど！

「では、婚約破棄式は終了し、バーランドとココの婚約式に移ろう。除籍済みのため、王家の印は必要ない。そしてミドルトン家の印も不必要。但(ただ)し、保証人のサインが必要となる。二人の意志による結婚という事実を保証するものであって、それ以上でもそれ以下でもない。つまり金銭等の保証は皆無。一カ所は兄である私が、もう一カ所にはミドルトン男爵が、更に当事者のココがサインをして婚約済みとなる。バーランドのサインは記入済み」

王太子殿下とミドルトン男爵が保証人の欄にサインをすると、ココに回す。

だが、ココは手を動かす気配がない。

「……あの、私、バーランド第二王子殿下が法を変えるまで愛妾の立場で待とうと思います。彼も先程そう言っていましたし」

「は？　何を言い出すんだココ。法は変わらない。変わる法は変えるべき法のみ。彼はもう第二王子ではない。除籍済みだ。法を変える立法者になるためには、法に精通しなければならぬ。そういう勤勉なタイプではないのは私が見ても明らか。お前は市井で育った所為か、ものの成り立ちが全く分かっておらぬ。教養科でいったい何を勉強していたのだ。高い学費を払って行かせてやったのだぞ」

「お父様、変わるか変わらぬかはやってみなければ分かりません。私は力のある魔導師が統べる国に疑問を感じているのです。先程も彼の手が燃えて凍り付きました。恐ろしい力です。そんな力などない国になってはどうでしょうか？　皆が一律に魔法を使えなければよいのです。魔導師が魔力素養のない人間と結婚すれば、いずれこの国から魔導師はいなくなります。ですからサインはしません」

「サインをしなくても結構だよ？　自由意志だからね」

ミドルトン男爵ではなく、ココの言葉を受け止めたのは、王太子殿下だった。

あの、国を守り続けた魔導師に対する侮辱のような言葉。

私は魔導師の一人としてココという人間に大きな違和感を感じた。

なんだろう？

今の言い分は。

つまりは魔導師のいない国が理想郷と言ったのだろうか？

今、安全に衛生的な水が飲めるのはセイヤーズ家を始め六大侯爵家が治水管理を一手に引き受けている為だ。

そうでなければ工事と管理にどれだけの月日を要するか分からない。

この国に住み、当たり前のように魔導師の恩恵を受けていて、なんとも思わず感謝も感じていないという事。

知らぬとは無責任で恐ろしい。

何故学ぶ機会を得た学生だったのに歴史を何も知らないのだろう？

教養がないと言えばそれまでだが、もっと悪意ある考え方をすれば、この国の力を内側から削ぐという行為になる。

魔導師がいない国など国防があってないようなもの。

隣国に攻められれば一瞬で陥落する。

ということは隣国の間者。

アクランド王国は内部工作を受けている？

アクランドに魔導師がいなくなれば得する国というのはいくらでもある。

それに貴族だって特権階級だ。

王子妃になって栄耀栄華を築きたい人間が魔導師を排除し貴族のみ残すとはどういう事だろう。

つまり自分の脅威になる者を排除したいという稚拙な考えだろうか？

一、教養不足
二、スパイ
三、妬み

三パターンの可能性が考慮される。

二が一番厄介で可能性は低いと思うが。

行動から考えれば三。

そして三を正当化し、もっともらしい理由を付けていると考えるのが自然？


「では、平民バーランドと平民ココの婚約式は延期としよう。それとは別に平民ココに罪状がある。我がアクランド王国伯爵令嬢に対する名誉毀損罪。婚約者のある者と不貞を働いた姦通罪。王族との姦通罪は国外追放。消えぬ闇の烙印を刻む。一つはアクランドの地を二度と踏めぬ排除印。二つ目は子を宿せぬ体にする姦通印。婚約者への貞操権侵害。王家主催の王立学園卒業記念パーティーでの主旨を乱した行動への損害賠償と学園からの除籍処分」

「え？」

「自分は関係ないと思っていたか？　平民ココ。貴様と第二王子の関係は割れている。王族との間に出来た子供は火種の元。姦通罪は古くからある刑法。その体に見せしめの姦通罪の証を入れる。正式な婚約者のいる第二王子と不貞を働いたんだ。ただで済むと思っていたのか？」

王太子殿下は黄色い瞳を細めてココを見ていた。

「私は何もしておりません！」

「では、魔導師に対する名誉毀損罪と王族に対する不敬罪も追加する。連れて行け」

「ちょっと、待って！　どうしてそんなことになるの！　私は王子妃になる女よ！　こんなことして許されると思っているのっ」

衛兵に連れて行かれるまで、礼拝堂にココの文句が響いていた。

終話　在りし日の光景

王城の裏手にある小高い丘で、王太子であるシルヴェスター・エル・アクランドは人を待っていた。

ここは夕日が見える。

子供の頃からよく来る場所だった。

昼間の喧噪はなんだったのだろうと思う。

弟は廃嫡になり、その恋人には闇の烙印を押した。

闇の魔導師は既に待機させてあった。

準備が整い次第バーランドは国境警備に、ココは国外に追放される。

姦通罪は本来王子相手の不貞ではなく妃に使われる罪状だが、ものは使いようだ。


「やあ」

少し軽く手を上げて気さくに声を掛けてきたのは、氷の魔導師であるシトリー伯爵である。

第二聖女と同様の色を持つ彼を王太子は少し見上げた。

「こんな所に呼び出して申し訳ありません」

「何を言っているの？　君は今日の婚約破棄式の功労者だよ？　呼び出してもらえて光栄だね」

そう言って伯爵は笑った。

護衛は距離を取って待機している。

非公式な場なのでお互い身分を問わず、そして二人の声は護衛に届かない。

そもそも雷の魔導師である王太子と氷の魔導師である伯爵がこの中で一番強いため、護衛はそこまで神経を使わない。

「君が僕の娘を高く評価してくれているのは感じていたよ？　あの多額の慰謝料は君が用意してく

れたものなのだろう？」

「……そんな事くらいしかできませんからね」

王太子は少し瞼を下げて答える。

そう、そんな事くらいしかできない。

自分は既に第一王太子妃がいる身。

謂われの無い理不尽に押し潰されそうになっている第二聖女を表立っては助けられない。

不自由な身。

「僕にはね……、君の気持ちが少し分かるよ？」

「……」

「大聖女と雷の魔導師は生涯交わる事はない。それは何百年経ってもきっと変わらない。初代の聖女がそう決めた。血統継承の中に刻んだんだろうね。もし、ちゃちな陰謀がなかったら、君の妃は第二聖女だっただろう。君もとうに気付いている事だと思うけど、第一聖女は事実上の第六聖女。切り傷程度の軽傷を治す聖力しかない。もしくは皆無。そもそも魔導師の力は潜性遺伝と言われている。両親に魔法因子がなければ、遺伝しない。顕性遺伝であるならば、血の継承はずっと楽だった。六大侯爵家だってこんなにも苦労はしていない。けれど、現実は潜性遺伝な訳だし、本来は第一聖女の家系から聖力の一番強いものが生まれるなんて考えられない。もちろん例外はあるけれど。例外は数が少ないから例外と言われるわけだし。そして卒業記念パーティーでの第二王子の不祥事。君が参加してさえいれば、こんな大事にはならなかったのだろう？　偶然か必然かは答えが出ない事だけど、君らは巡り会わないように出来ている。建国の王は雷の魔導師であり剣士。エース家の初代当主も炎の魔導師でハイブリッド剣士。力の差などなかったと聞いている。彼らは親友同士だったからね。でも一人の女性を巡って諍いが起こる。国が二つに割れるところだった。けどこの女性、彼らの仲間の一人だった大聖女はそれを良しとしなかった。許さなかった。君らの血統継承の中に、決して裏切らない裏切れない盟約を刻んだ。命を代償にしてね。だから君らは今でも親友で、今でも決して国は二つに割れない。初代王妃は名誉王妃。亡くなった後に、悲しんだ初代国王が添えた位だ。子は一人も残していない。残したのは未来永劫消えない盟約のみ。君は感じているのだろ？　自身の血の中に。彼女の意志と聖魔導師の光の印を」

氷の魔導師はその薄い空色の瞳で、王太子を見る。

「国王の妃は、力の強い光の聖魔術師であらねばならぬ。理由は分かっていると思うけど、王宮に蔓延(はびこ)る権謀術数、毒殺。殺されない為には常に傍らに聖女がいなければならない。毒を含めば解毒し、刺されれば止血し、瞬時に容態を判断し聖魔法を展開する必要があるから。特に必要なのは王家の血統継承でもある雷の魔導師が王になる御代。聖魔導師である王なら、自身が気を失わない限り、自身の体に魔法展開を施せる。だが攻撃に特化している雷の魔導師の場合、そうはいかない。君には強い聖力を待った聖女の妃が必要。今期の聖女の中で聖魔法がずば抜けているのは第二聖女だということはきっと君が一番知っている。教会の横槍さえなければ、君は最強の聖魔導師とセイヤーズ家の後ろ盾を手に入れる予定だった。もちろんロレッタの後ろ盾はシトリー家ではなくセイヤーズ家だよ。王太子妃になるのなら、セイヤーズ家の養女になってから、嫁がせるわけだしね」

丘が夕日でオレンジ色に染まって行く。

ここからは城下まで一望できる。

街も夕焼け色に染まっていく。

「君が本気になれば、第二聖女を無理矢理妃にすることも出来る。教会の不正を暴き、本来の聖力を明るみに出し、聖女等級認定をやり直せばよいのだからね？　そうすればロレッタが第一聖女で君の妃になる。でも今日、君に会って、君の真意はそこにはないのではないか？　そう思った。だってエース家の次期当主をあの場に入れていたからね。君の采配なんだろ？」

王太子であるシルヴェスターの瞳が夕日を受けて、黄色から濃いオレンジ色に変わる。

「……建国王の戒めですよ。大聖女を無理矢理手込めにしたから、彼女は死んでしまった。彼らは三人で幼馴染み、長じてからは、大聖女は炎の魔導師の恋人だった……」


自分が見た筈もないのに、目を瞑（つむ）ると幼い日の映像が焼き付いている。

それは貧しい村で、その日食べる物さえ満足に得られない暮らし。

その中で、子供達が三人で笑っている。

一人は紅の髪色をした少年。

その横に彼を慕うように寄り添った空色をした瞳の少女。

そして雷を操れる自分。

僕らは三人で一つだった。
焼けるような夕日と、砂の舞う荒野。
在りし日の光景。

君に幸せになって欲しい。

蒼い炎を継ぐもの

耳の奥に乱暴な声が反響する。
ココ・ミドルトンの最後の声。
元男爵令嬢は闇の烙印を押されたのだろうか？
きっとこの空の下で一生交わることのない人生を送るのだろう。

あの後、両親は王家の馬車で、私はエース家の馬車で帰ることになった。
馬車が揺れて。
景色も揺れる。
ルーシュ様は一言も喋らないし、私も言葉が上手く出て来なかった。

紡がれた炎の魔術。

蒼い炎は炎の魔導師の中でも特別な色だ。

高温で、消える事のない火だと言われている。

そう、この国を創世した七賢者の一人、王の盟友であり親友である者が使ったと言われる蒼い特別な炎。

六大侯爵家筆頭エース家の血統継承。

紅の魔術師の中でも選ばれた者が継ぐ。

私は視線を上げてルーシュ様を見た。

白い下級神官の服を着ている。

そして、緋色の瞳を隠すための眼鏡。

彼は変装をして私の婚約破棄式に立ち会っていたのだ。

私が欠席したいと言ったから？

それとも――

あの時、私が泣いたのを知っていた？

魔法展開に敏感な人だから、きっと気付いていた？

それで立ち会ってくれたのなら。

私は――

元第二王子殿下に乱暴に腕を取られそうになった時。

第二王子殿下の腕が燃えた。

元とはいえ王族の血を分けた者の腕を、躊躇なく燃やしたのだ。

私を庇う為に躊躇なく。

それは、何人の人が出来る行為なのだろう。

身分、力、魔法。

全てを越えて、一介の侍女を守るということが出来る人間は多くない。

「ルーシュ様？」

「……………何？」

「私、一生侍女として付いていって良いですか？」

「…………………」

「一生付いていきます。終身雇用というか生涯雇用というか永久雇用して下さい！」

「え？」

「え？」

「永久？」

「永久です」

「本気か？」

「本気です」

「…………………永久ね」

ルーシュ様はくすりと笑った。

「そう来る？」

「……どう来るんですか？」

「いや、別に」

「別にって何ですか？」

「こっちの事」

「こっちの事？」

彼は徐に眼鏡を取って、胸のポケットにしまう。

そうすると、遮る物がなくなった紅の瞳が露わになる。

何処まで行っても曇りのない紅色。

じっと見ていると吸い込まれそうになる。

綺麗な色。

綺麗な紅色。

その瞳に映る私はどんな侍女なのかな？

願うならば、ずっと側にいても良いなと思う侍女なら嬉しい。

書き下ろし番外編

水の貴公子と氷の貴公子

I put everything
I have into
the Red Wizard. Love.

アクランド王国セイヤーズ侯爵家と言えば、知らぬ者はいない。

王国北西部に位置する最大の湖ラクアシェル。

その湖と連なるように大小五つの湖からなる、湖の小王都と呼ばれる美しい土地である。

その湖の畔に塩の城と呼ばれる白亜の城が建っている。

塩という通称は、白い城という由来と、塩で儲けた莫大な財産で築かれたことに由来するとも言われているが、真実は定かではない。

が、城が白いのも、セイヤーズ家が塩で莫大な富を築いたのも事実である。

セイヤーズ領の湖は、四つが淡水。一つが海水である。

一番西に位置する塩湖は、かつて海だった場所が何らかの地殻変動で土地が隆起し、一部海と切り離されてできた湖。

広大な死の湖。塩分濃度は通常の海の十倍。

塩の産出量も十倍。

西部が海に面している事、嘗(かつ)て海だった土地がある事、塩湖がある事。

つまりはセイヤーズ領地では海塩、岩塩、湖塩と三パターンの塩が採取される。

塩とは『生命の糧』と昔から呼ばれている。

血や肉、骨に至るまで人体の構成物には微量の塩分が含まれている。

故に塩を握ることは命を握ること。

塩は王家専売ではなく、事実上侯爵家が握っている。

西部海沿いが領地のエース家と北西のセイヤーズ家。

そして王国内流通の七十パーセントはセイヤーズ領地産。

残り三十パーセントは、ほぼエース家が占める。

エース家の塩とセイヤーズ家の塩は味が違う。

これは精製法が真逆だから、単純に味の違いが出ると言われている。

火で炙るか、塩から水を取り除くか。

魔導師の性質が露骨に出ている。

そしてこの塩を安定供給する為に、領内は街道が整備されているのだ。

特に王都へ繋がる街道は幅も広く、色も白く美しい。

セイヤーズ領地内に入りさえすれば、白い道が富へと導いてくれるとさえ言われている。

ちなみに街道の名はソルトロード。

特に捻りも工夫もない。

どストレートな名である。

賢明で英明なる領主は、決して技術を吹聴したりはしない。
技は富であり、力であり、領地の民を守る剣。
他領と自領の民の命が天秤にかけられれば、内心で迷わず自領の民を選ぶくらいには非情であり、
非平等主義を貫いている。

それが故か、自領の民は大変に領主を慕っているのだが。

全てに良い顔をすることを、疾(と)うの昔に諦めたこの地の領主は、自領の民、親族、家族を大切にする傾向にあった。

一貫しているといえば一貫しているその行動を誇りに思うくらいには、自己陶酔感も強い。

領主を民が慕い、親族が一枚岩とならねば国境線など守ってはいられぬ。

誰が嫌悪する領主の為に戦うというのだろう？

誰が好きでもない地を守る為に戦うのだ？

そこに富があり、敬愛する領主がおり、家族がいて初めて人はその地を守るのだ。

当たり前ではないか？

愛着のないものに執着なしだ。

セイヤーズ家の指針とも言えるその部分は、自らの家族にも当然のように浸透し、そして長男と次男が傍目から見ても、行き過ぎる程に親愛を育んでいても、特に違和感のないことだった。

兄弟愛が強くて何が悪いというのだ？

良い事ずくめではないか？

何の問題もない。

そんな家風の中、今期最強の水魔法の使い手といわれる長男ローランドと、滅多に発現しないと言われている氷魔法の使い手、次男ユリシーズはすくすくと育ってゆくのだった。

セイヤーズ家の長男と次男は王立学園に在学中だが、夏期休暇で領地に戻ってきていた。

卒業と同時に領地に帰るか、中央で官吏になるかは状況によって判断される。

セイヤーズ家の現当主である父は、卒業と同時に領政に携わっており、領地は祖父、大叔父、父、親族一同が堅く守っているため、長男であるローランドは中央勤めも可能だった。

実のところ、このまま王都に滞在し魔法省次官辺りまで出世を目指しても良いかもしれないと考えていた。

領主の家系の絶対不文律。

最強の魔導師が当主となる。

生まれた順番、性別など関係ない。

これは上から下まで全ての者に周知されている。

異を唱えることは許されない。

……しかし、最強とは？

どの部分で？

戦って優劣を決めるということは現実的ではない。

味方同士、ましてや親族に本気になれる訳がないのだ。

もちろん価値観は人それぞれだが、セイヤーズ家の一族は、連携して戦うことばかりを考え、お互いを打ち負かすことなど一切考えない。

そもそも禍根(かこん)が無駄に残るし、怪我もする。

その上、気分も悪い。
良いことはない。
故に最強とは？
魔力量で判断するなら長子のローランドになる。
しかし直ぐ下の弟ユリシーズは氷の魔導師である。
『氷』、素晴らしい。
氷は、水の魔導師一族のセイヤーズ家でも滅多に出ない逸才。
所謂、魔素と特別に相性の良い者。
生まれ持っての天才。
水を氷にする為には一瞬でその水を取り囲む空気を冷やす必要がある。
しかも零下にだ。
水を顕現させながら、空気を零下四十度に下げる？
理論上は分かるが、成功したことは一度もない。
気温を下げる力と水の掌握は別物だ。
つまり完全な多重魔法。
古今東西多重魔法に憧れない魔導師などいない。
それはおいそれと出来ないから憧れるのだ。
瞬時に水を氷に変えられると、何が違うかというと、多様性が違う。

選択肢の多さは強さの一部ではないか？
そう思うのはローランドだけではあるまい。

やはり……。魔法省次官辺り？
いや思い切って文官もありかもしれない。
意外にそういう事にも気が回ると自負している。
一層のこと経営・経理・簿記的なものを専攻するのもよいかもしれない。
結構、商業系の知恵も働きそうな予感がある。
領内ハーブと塩等をブレンドした商品とか作ったら売れるのではないか？
そっち方向でゆくゆくは領主を補佐するもの悪くない。
適材適所だ。
しかし魔法素養のある者は、一旦は王立学園魔法科に入学するのが王国民の義務。
当然魔法素養のあるものは魔力を磨かなくてはならない。
その部分に不服などない。
であるならば、家庭教師を付けて学ぶか。
ならば善？　は急げだ。
今日あたり父上に願い出てみるか？

父への願い出は、あっさり受理され、細かな要望を確認する為か執務室に呼び出された。

「父上、ローランドです。お願いしていました専属の家庭教師の件で参りました」

入るように促され、執務室に入室するが、その直後ドアが閉まる前にスルリと人影が入り込む。

え？

何で？

「ユリシーズも一緒なのか？」

入って来た二人の兄弟を双方見てから、意外そうに父が言う。

当たり前だ。

今回の家庭教師の件を願い出たのは兄であるローランドで、弟は関係ない。

「兄上がどんな分野の家庭教師を希望したのか知りませんでしたので、僕に必要か必要ではないか考えてから、もし必要であるならば一緒に受けたいと思います。お邪魔でなければ、同席させて下さい」

「別に邪魔などということはまったくない。お前も一緒に聞くように。ローランドも支障は無いだろう」

「……はい。父上の判断のままに」

内心ではローランドはちょっと困ったなと思っていた。

弟はやたらに鋭いところがあり、うっかり退官後は領地の商業担当になりたいと匂わせたら何が起こるか分からない。

気を付けないと。

なんせ魔法の展開が速い、つまり魔法式の計算が速い、頭の回転が速いと続く訳だ。

「して、経営と言っても多岐に渡るが、どんなものが学びたいのだ？　それによって探す家庭教師が変わる」

それはもっともな事だ。

ハッキリ言えば、商会経営が知りたいのだが……。

ローランドがユリシーズの方をチラリと見ると、彼は兄に向かってにっこり微笑んだ。

……。

駄目だ。

そんな細かく言ってしまえば、弟に根掘り葉掘り探られる。

もう少し怪しまれなさそうな分野。

そう、いかにも当主に必要な分野。

「税収の管理、農業収益、塩の収益管理等でしょうか？」

どうだろう？

税収管理等、当主にいかにも必要な力だ。

まったく疑いようがない。

「領地経営学の家庭教師でよいのだな？」

「……はい」

何か違う。

違うがまあ、経営学は経営学だ。

希望とは若干遠くなったが、あまり無理をしてもしょうがない。

ここらが落とし所だろうか？

「ユリシーズも一緒に学ぶか？」

「いえ、まったく興味がありませんので……。領地経営、領地政治は百パーセント兄上にお任せします」

「……お前も将来は領主の弟。兄を補佐するのだぞ」

「でしたら僕は兄上のボディーガードになります」

「……ボディーガードとして兄を補佐するのか？」

「はい」

「………」

氷の魔導師が次期侯爵の専属護衛か……。

父が若干渋い顔をしたのが分かった。

ローランド自身はもっと渋い顔になっていたのだが。

兄として……正直、弟に兄の護衛という職には甘んじて欲しくないのだが。

もうちょっと華々しく活躍できる場所を用意したい。

「ユリシーズ、兄はこの父にも劣らぬ程の魔導師だ。氷の魔導師自ら専属護衛を申し出なくてもだな……」

「父上。世の中、思いもよらぬ事が起こります。次期当主である兄上の安全の確保はセイヤーズ家の一に優先される責務ではないですか。弟である僕が四六時中護衛して何か問題が？」

確かにローランドの護衛は大切だが、現当主である自分にも先の当主である父上にも領主候補になるような高位魔導師の護衛など付いていないのだが……。

という父のぼやきが聞こえたが、ユリシーズは意図的に聞こえないふりをしていた。

「ではまあ、今回の家庭教師はローランドだけということで……」

締めかけた会話にユリシーズが入ってくる。

「父上、僕には護衛学を教えてくれる教師をお願いします」

今度は、隠そうともせず父が苦い顔をした。

「ユリシーズ」

「何ですか父上」

「それはならぬ」

「何故？」

「兄、ローランドの命はもちろんこの父にとっても掛け替えのないもの。しかし弟であるお前の命も掛け替えのないもの。護衛とは最後は護衛対象のために命を捨てることがある。矢が飛んでくれば、その軌道線上に入り護衛対象を庇う。盗賊に襲われれば、主を守るために前線に出る。明確に命の優先順位を設けている」

「……それに何か問題でも？　弟は兄のスペアー。兄上を守って死ぬことに何か問題がありますか？　貴族の常識です」

「それは六大侯爵家の常識にあらず。氷の魔導師は決してスペアーではない」

「兄上がセイヤーズ家の最強の魔導師です。魔法素養が一番高いのですから」

「誰に口を聞いている。この父もセイヤーズ家現当主である一流の魔導師だぞ。魔術の強さは魔法素養が絶対ではない。お前はこの父も、そして祖父も、ローランドも顕現（けんげん）していない多重魔法使い（マルチキャスター）だ。その事実は覆らぬ。十代のうちから他人の命を優先するような戦い方を、その身に染みこませること許さぬ」

「……頑固（がんこ）親父」

「そっくりそのまま返してやる、頑固息子が」

「水はとっさの時に盾を作りにくいのです。水の膜は易々と矢を通してしまう。父上だって知っているはずだ。水は比較的性質が優しい魔法だと。火が来れば消せますが、安全面で考えると一抹の不安が……」

言った瞬間、ユリシーズの額を水の礫（つぶて）が強襲する。

間髪容れず氷の盾が出現するが、水の礫は秒差で側面からも第二弾が強襲する。

ユリシーズの側頭部を狙ったもの。

赤くなる程度には強力だ。

「水圧を極めていないものが、何を言う。水の魔導師は威力の上限を徹底的に学ぶ。氷に頼りきりな小僧が偉そうに。お前の頭部など一瞬で貫けるわ」

ユリシーズはというと、耳の上を押さえて蹲まっている。

あれは相当痛かったな。

まあ意図的に痛い目に遭わせた訳だからな。

手加減はもちろんしているが、微痛では済まない。

認識しやすい額への攻撃は陽動で、死角からの側頭部への攻撃が本命。

秒の世界だから予測していないと避けられない。

もちろん盾も間に合わない。

額への攻撃を盾で受け止めると、視界が塞がる。

相手の挙動が読めなくなることを考えると、別手段の方が賢明だ。

水という物質は盾には向いていないと思われがちだが、決してそんなことはない。

水流の壁は物理攻撃を防いでくれる。

ただ、矢が相手だと大がかりになるというか……。

滝か⁉　というレベルになる。

故に飛来物は軌道をずらして避けるのが基本になるが、これは盾を出現させるより数倍は高度な技術だし、訓練が必要だ。

ローランドには出来るが、氷が発現しているユリシーズには出来ないかもしれない。

もちろん能力的には問題ないのだが、練習量が足りないという意味でだ。

そして他属性と比べて攻撃力が低い訳ではない。

氷属性より若干低いだけだ。

多重魔法使いと一重魔法使い、シンプルに引き出しの数の違いになるが。

極めるという部分では、また別の話になる。

「ローランド、この生意気な弟を連れて行け。そして再教育だ」

「……はい。お騒がせして申し訳ございません」

「まったくだ。今度相談事があるなら一人で来い」

「……はい。気を付けます」

潜り込まれないように。

悟られないように。

気を付けようと、心に決める。

微妙に手の掛かる弟だ。

そもそもローランドに護衛などいらない。

その辺は父の言う通りだ。

溜息を吐くと、蹲る弟を背中に背負って父の執務室を後にした。


ユリシーズの自室へ連れて行き、ベッドに寝かせると冷たい布を側頭部に当ててやる。

「おい、氷を一粒出してくれ」

傷などを冷やすにはちょうど良い。

面白くなさそうに兄を見たユリシーズは、それでもコロンと一粒の氷を出してくれた。

丁度良い大きさだな。

布にくるむと弟の耳の上に当てる。

「父上を怒らせるなよ」

「別に怒らせたくて怒らせた訳ではありません」

「父上は護衛は駄目だとハッキリ言っただろう」

「納得できるものではなかったので、納得しなかっただけです」

「……俺には護衛はいらない」

「……確かに兄上は強い。ですが僕が護衛すればほぼ間違えは起こらない。念には念を入れるだけです」

「心配性だな……」

「父上と兄上は全然分かっていない。不吉なことばかり考える」

「不吉なことを考えているのはお前だ」

「違います。その物理的次元のことではありません」

「精神的次元のことを言っているなら、お前だって頑固だ。父上もこの兄もお前のことを高く評価している。それの何が悪い」

「……最悪なんです」

「王家を見てみろ。雷の魔導師が出ればたとえ次男でも王太子になる。その事実がお前には理解できないのか？」

「王家は王家。セイヤーズ家はセイヤーズ家です。マネする必要なんてありません」

「氷の魔導師はセイヤーズの誇り。当主にしようと考える事の何が悪い。当主になるという事は、一族中の男児で一番魔力素養の高い妻を貰う事が可能だ。父上はお前に魔力素養の高い妻を娶って欲しいのだ。分かるだろ？」

「ちっとも。まったく。分かりませんし、分かりたくもない。僕は良家の子女とかではなくて、気心の知れた分家から婚約者を貰います」

「それはならぬ。父もこの兄も許さぬ。一流の魔導師との婚姻は決定事項だ」

「ならば、父上と母上が更に子を儲ければいい。氷の魔導師を出したのはお二人の遺伝子なのですから」

「もちろんそれもあるが、お前にも責務がある。それは逃れられない。六大侯爵家の一翼を担うセイヤーズ家の次男がぬるいことを言うな」

「六大侯爵家の長男に非の打ち所がないので、次男に出番などありません」

「お前は、またそれか。誰が当主でもこのセイヤーズは揺るがぬ。当主であろうと補佐であろうと変わらぬ。兄が弟の補佐をするか、弟が兄の補佐をするか。大差ないではないか」

「そっくりそのままお言葉をお返しします。兄が当主で弟が補佐。決定事項です。もしもこの決定を覆したら……」

　そこで言葉を切ると、ユリシーズは声のトーンを幾分落とす。

「蒸発します」

「……」

「水だけに」

　面白くないぞ、弟よ。

「本気か？」

「本気です」

「自らの存在を人質にして、他人の考えを変えるつもりか？」

「ええ。僕の持ち物は何でも使って変えられるなら変えてみようと思います」

「何故、そこまで頑（かたく）ななんだ？」

「それは兄上だって分かっているはずです。僕が兄を押しのけて当主になったら未来永劫幸せにな
れない。生が苦しみに変わるのです」

「兄である俺が気にしないと言っている」

「弟である僕は気にするのです」

「気にしなくていい」

「気にしなくても、想像するだけで苦しい。兄上と違って僕は繊細なんです」

「……兄とて繊細な部分は持ち合わせている」

「いえ、兄上は頑丈です。小さな事に拘らない。一流の魔導師であり、努力も惜しまない。優しくて弟思い。心が細い所ってありますか？」

「……………」

どうだろうな？

確かに前向きで、あまり過去は気にしない。

当主ではなくとも大して気にならない。

それはきっと自分を支えてくれる自信のようなものが、当主と同義ではないからだろうか？

「僕は兄上の側で兄上に敬意を払いながら、護衛や秘書をしている方が幸せなのです。何故弟の幸せを奪うのですか？」

「弟の幸せを奪う兄などいない」

「ならば裏切らないと約束して下さい」

「父の考えは曲げられぬが、兄としてはお前の幸せを願おう」

ローランドはこの時、この瞬間決意した。

もう弟に当主は勧めまい。

自分がなれば良いのだ。

そもそもなってもならなくてもよいくらいに考えている自分がなった方が平和だ。

そんなもので弟の存在を天秤に掛けるのは危うすぎる。

父も一族もなんとか説得してみよう。

そう決意した三日後、ユリシーズは家出をした。

親族会議の後、次期当主をユリシーズに決められたと内々に発表されたからだ。

もちろん学生であるローランドにはなんの相談もなかった。


ローランドは北西の山岳地帯を歩いていた。

ユリシーズの捜索隊は各地に出ている。

だが、領地外に出るとは考え難い。

金目のものも何一つ持ち出されていない。

領地内の何処かにいる。

家出には三種類ある。

生きる気満々の家出と、後先考えぬ発作的な家出と、死ぬ気の家出だ。

生きる気満々であるならば、ある程度放っておいてもよい。

魔導師である以上、そうそう危険な目に遭うということもないだろうし、金ならセイヤーズ家には唸る程ある。

持ち出し金額によって、焦らず探せばよいのだ。

しかし、金が一コインも持ち出されていないということは、死ぬ気の家出、もしくはそれに準ずるもの。

その上、食料も持ち出されていないということは、目的地は近いはず。

ローランドは額に嫌な汗をかく。

出産予定間近だった王太子妃殿下が、雷の魔導師をお産みになられた。

それ自体は大変におめでたい事で、国を挙げてのお祝いムード。

七日七晩の祝賀。

セイヤーズの小王都でも祝いの準備が進められている。

しかし、その祝賀に合わせてセイヤーズ家も次期当主を決めようか？

雷の魔導師が誕生した御代なのだから、氷の魔導師で良いだろうという流れであっさり決まった。

実のところ、二人のうちどちらが領主でもセイヤーズは揺るがぬ。

ただ氷の方が目出度いだろう？

なんとなくそんな気分？

流れ？　的なもので決まったのだ。

ローランドもユリシーズも高等部。

婚約者を決める上でもそろそろ決定させなければ。

雷の魔導師は誕生と同時に王太子になる。

今回は長男であるし、まったくなんの問題もなく決まった。

特に深く考え抜かれたわけではない。

そもそもが特に深く考える内容でもない。

どちらも魔力が高いのだから。

しかしローランドは誰よりも焦っていた。

三日前に弟の吐露を聞いていたからだ。

セイヤーズ当主にとっても一族にとっても、どちらでもよい事なのだが、弟にとっては死活問題。

ローランドは弟の性格を誰よりも熟知していると自負している。

物心付く前からいつも側に兄が居たため、兄の傍らが居心地良いのだろう。

なんというか生粋の弟気質というか、兄がいて自分がいるみたいな部分があるのだ。

兄ではなく弟の自分が当主になるなど、気持ちが悪くてしかたない。

たぶん息の吸い方が分からなくなる程、気持ちが悪いと思っているのだろう。

どこにいるか？

一発で当てなければ蒸発してしまう気がする。

蒸発とは分かりにくい言葉だと思う。

言語的な意味で考えるなら出奔。

行方をくらます。

音信不通になる。

音信不通になったとて、生きていればよい。

ただ、水が蒸発となると若干不吉ではないか？

ユリシーズがどういう意味で使ったかは本質的には分からない。

ローランドは不安と焦燥で心が冥くなってゆくのが分かった。

何故もっと、父を本気で説得しなかったのだろう？

何故もっと弟の性格を考慮しなかったのだろう？

彼は本気で嫌がっていたではないか？

それを自分は知っていたのだ。

ただ、どこか……自分の弟が氷の魔導師であることが誇らしかった。

魔導師であるならば、その凄さが身に染みる程分かるから。

自慢の弟だった。

声を大にして叫びたかった。

俺の弟は天才魔導師なんだと。

水と氷を発現している多重魔法使いだって。

当主にしてこのセイヤーズ家に氷の魔導師ありと大々的に宣言したかったのかもしれない。

王家が雷の魔導師に対して浮き足立つ気持ちと同じだ。

自慢の弟を自慢して何が悪い。

天才を天才と呼んで何が悪い。

一族もそんな思いだったに違いない。

そんな思いが弟を追い詰めてしまった。

ローランドとユリシーズは大変似通った容姿をしている。

ローランドはブルーブロンドに碧眼、弟はシルバーブロンドにアイスブルーの瞳。

濃淡が違うだけだ。

兄である自分の方が背は高いが、それは年齢によるものだろうし。

長ずれば双子のように見えるかもしれない。

こんな事で、もし弟を失ってしまったら……。

未来が黒く塗りつぶされていく。

弟のことは自分が一番知っている。

ならば居場所は分かるはずなのだ。

強い恐怖を感じながらも、ローランドには一カ所しか思い当たる場所がなかった。

そこしか考えられない。

思い付かない。

直感で思い至ったのがその場所なだけ。

もしも弟がいなくなってしまったら。

自分は今後どうやって生きていくのだろう?

後悔というどうしようもない感情が何度も何度もフラッシュバックして、きっと苦しみの中をのたうち回るように生きるのだろう。

そんな人生はいやだった。

弟を失う人生など送りたくない。

ローランドは内ポケットからＳＳポーションを取り出す。
超高位ポーション。
市場に出る事はない超レアポーションだ。
家一軒どころではない。
セイヤーズ家にとって家宝と呼べるものの一つ。
体力、魔力の回復だけではなく数種の傷病にも効く。
更に重要な事に、品質保持の魔力が付加されている。
永久ポーション。
聖女はどの侯爵家でも喉から手が出る程欲しい魔術師。
けれど王家が独占していてなかなか手が出ない。
これは聖女の手によるものだ。
瓶に刻まれた刻印はパーシヴァル一期。
品質から考えて、第一聖女作。
先の国王陛下の御代の聖女。
パーシヴァル一期第一聖女は光の侯爵家出身の聖女。
光の侯爵家は初代王妃の弟が継いだ家。
つまりは大聖女の傍系。

初代王妃は一人も子を成していないが、その貴重な血は、彼女の実弟が光の侯爵家初代当主となることで残している。
つまり大聖女の系譜は、光の侯爵家にある訳だ。

魔力だ。
魔力の残滓を辿れば必ず行き着く。
弟の魔力の感触は間違えるはずがない。
標高千メートルまで、駆けるように登っていく。
自分で顕現させた水を飲んではまた登る。
弟もそうやって登ったのだろう。
魔力を使った跡が残っている。
大気中から水の因子が減っているのですぐに分かる。
同じ属性の魔術師で良かったと心底思う。

国内最大の塩湖ラクアシェル。
山岳地にあるこの湖は大変に美しいと言われている。
本来は空を映したかのように水面に鏡張りになり、三百六十度空が広がる場所だった。
標高千メートル。

高いという程高くはないが、ここは秘境だった。
そもそも入山制限を敷いている。
国境線にあるこの塩湖は、最大の戦場とも言われている。
この湖が欲しくて、隣接国は過去に何度か攻め入っているのだ。
この美しい湖を守るのがセイヤーズ家の使命とも宿命とも言われている。
その湖が。
——見渡す限り凍っていた。
季節外れの氷原。
視線の先に広がった氷原の上に、人影が見える。
遠くても見違えることなどない。
ユリシーズ。
ローランドの探していた弟だ。
……ここにいて良かった。
こんな広大な湖を凍らせるとか？
魔力は空なんじゃないか？
随分無茶をする。
ローランドはゆっくりと歩いて彼に近づいた。
「よう、元気か？」

近寄るとユリシーズは紙のように白い顔をしていた。

「魔力枯渇で死にそうです」

「……まあ、これだけの湖を凍らせたのだからな」

「……」

「圧巻だ。魔力量では自分の方が多いと自負していたが、お前もなかなかやるな」

「……そうやって兄上はまた僕を持ち上げる」

「お前が誇りなんだよ」

「……それで次期当主にするのですか？」

ローランドは弟の顔をしっかり見た。

氷の魔導師特有の、薄い空色の瞳と星屑のような髪。

「当主は俺がなる。母上は説得済み。父と一族の説得は、これからお前と作戦会議だ。俺は学園を卒業したら中央に勤める。退官したら領地に帰る。その時の護衛はユリシーズを付ける」

「……」

「弟を誇りに思う。それは事実だ。でも当主は俺がなる。お前は俺の弟だからな、半歩下がって付き従えばよいさ」

「……それは奥方に使う言葉ですよ？」

「そうか？」

「そうです」

「じゃあ、お前は直ぐ下の弟だからな、四分の一歩下がって付いて来い」

「……本気にしてよいですか？」

「いつだって本気だ。老後の楽しみが出来たよ」

そう言って、ローランドは笑った。

最初からそう言ってやればよかった。

ずっと不安そうに、褒められてもどこか嬉しくなさそうにしていたから、安心させてやればよかった。

当主などどちらがなってもよい。

どちらがなってもよいなら俺がなる。

「その代わり」

「……」

「二度とこんな無理は許さない」

ポーションの蓋を開けると、弟に渡した。

「これは光の侯爵家のポーション？」

「そうそう」

「セイヤーズ家の家宝ではないですか？」

「そうだとも」

「飲めません」

「なら護衛の話はなしだ」

弟は食い気味に飲んだ。

素直な奴。

可愛い奴。

きっと老後は双子のような爺になっていることだろう。

それも良いではないか。

水の魔導師の爺が氷の魔導師の爺に守られながら、領地に帰って領政だ。

なかなか良い人生だ。

弟がいるから楽しい未来が想像できるんだな。


セイヤーズ領地にある最大の塩湖ラクアシェル。

昼はその水面に青空を映し、夜は満天の星を映す。

ユリシーズが目を開けたとき、そこには満天の星が広がっていた。

兄が水に戻したのだろう。

生物は住んでいない死の湖なのだが、凍っていては周囲の動植物に影響があるかもしれない。

兄の上着が掛けられていた。

魔力が枯渇して危ない所だった。

魔力がゼロに近づけば、魔導師は意識を保てなくなる。

そうすれば氷の上で死んでいたかもしれない。

文字通り死にとても近い場所だった。

ゼロになる前に兄が迎えに来てくれた。

当主にはならなくてよいと言ってくれた。

護衛をしたければ護衛にしてやると。

兄がそこまで言ってくれたのだから、きっとそうなるだろう。

彼は最強の魔導師だったが、政治的な根回しも大変に上手い。

きっと穏便に兄が当主になる道を探ってくれる。

だからもう心配することはなくなった。

兄とユリシーズは湖畔にいて、二人で肩を並べて眠っている。

ポーションを飲んだのと同時に回復モードに入って寝てしまったのだろう。

兄が湖畔に運んで寝かせたのだろうと思うが、凍る湖面を歩いて運んだのを想像すると少々気の毒。

この湖から見る夜空は、闇より星の面積が多いくらい星の光で埋め尽くされている。


ユリシーズの世界は、兄がいて自分がいる。

そういう順序で成り立っている。

だから自分がいて兄がいる世界は存在しない。

そんなものは自分の世界とは言わない。

星が地上の湖面に映って、世界が足下から広がってゆく。
兄が迎えに来てくれた。
どこへ行ったとも、知れないのに。
何時(いつ)、行ったとも、知れないのに。
空には満天の星が瞬き、
地上にも夜空が広がってゆく。
そして――
空の星屑も、
地上の星屑も、
後から後から、
滲んでゆく。
あなたの弟でいる限り、世界はいつまでも暖かい――

書き下ろし番外編
ブラックスライム召喚

I put everything
I have into
the Red Wizard. Love.

「……死なないで」
紫色の髪をした少年は、藪の中で黒猫を抱いていた。
死なないで……。行かないで……。
黒猫は肋が浮き、呼吸も荒い。
体の毛はボサボサで、爪をしまう力もない。
誰が見ても末期の時を迎えているのが分かる。
行かないで……。
少年はそんな猫を抱きかかえて、大粒の涙を流していた。
紫色の瞳は赤くなり、何時間泣き続けているのか分からない。
ただただ、猫を抱きかかえて声を殺すように掠れた声で続ける。
行かないで……。
大きな黒猫で、年も大分重ねた老猫。
猫の寿命は二十年弱。
猫を抱く少年よりも大分年上なのではないかと予想される。

少年の名はアリスター。
藪の中に捨てられていた。
生まれてすぐに、いらないと。

父と母から言われたことになる。

藪の中で等、人は生きては行けない。

けれど――

猫という生き物は、藪の中でご飯を食べるのが好きだった。

猫の食事を横取りする鳥はいないし、食事中は無防備になる為、藪の中が安心だ。

だから辺り一帯のボス猫であるクロマルは獲物を仕留めて、藪の中で頂戴していた。

ある日、いつもの藪の中にバスケットが置いてあり、みゃーみゃー泣いている。

猫の赤ちゃんはみゃーみゃー泣くものだ。

クロマルは一瞬で理解した。

ちょっと大きいがこれは猫だろうと。

嘗めて毛繕いをしてやる。

クロマルはここら一帯のボスだったから、子供はいっぱいいた。

猫は調子の悪いものや、弱いものの側に付き添う性質があるから、クロマルもそれに従う。

バスケットの周りで寝始めた。


クロマルは大変賢い猫だったので、猫好きの人間と、猫嫌いの人間をしっかり見分け、猫好きの人間に色々伝える。

猫は野生動物ではなく家畜なので、基本人間と共に生きていく。

持ちつ持たれつなのだ。
人間の倉庫でネズミを捕ってやる。
そうすると人間は喜んで餌をくれる。
そんな関係。
今日のクロマルはミルクが欲しかった。
雌猫が胴から出すやつ。
雄は出ない。
クロマルは雄なので出ない。
困ったから人間に相談。
鼠を捕ってやって、ニャーニャー鳴く。
藪の方に少し近づいてはまた鳴く。
それを繰り返して微速前進だ。
結構骨が折れる。
そして藪まで数歩という所で、人間の女が赤ん坊の声を聞きつけ藪に入った。
これで何とかなるだろう。
一件落着である。
クロマルは大変満足して、人間からの餌を待った。
しかし、いつまで経っても餌は来ない。

やっと餌が来たのは次の日だった。
吃驚（びっくり）な遅さだ。
賢いクロマルでなければ、諦める長さだった。
しかも、超高級グリル羊肉だ。
クロマルは大変満足だった。

クロマルは満足だった。
人にもそれなりに可愛がられ、毎日お腹いっぱいご飯が食べられ、友達もできた。
子供もいっぱい残した。
もう悔いはない。
悔いはないはずなのに、人間の友達がずっと泣いてる。
ずっとずっと泣き続けている。
猫は用がある時しか鳴かない。
鳴くと自分の居場所がバレてしまうので、安全が確保できなくなるからだ。
でも人間は違う時も鳴くのだろうな？
クロマルは賢いので色々分かるのだ。
この人間は、クロマルが藪の中で出会った赤ちゃんだ。
あの時は蒼い瞳をしていたが、年と共に紫色に変化した。

珍しい瞳の色だ。

猫は死期を悟ると、お世話になったものに挨拶回りをして、死に場所を探すのだが、挨拶回りの途中でこの少年が離れなくなった。

困る……。

死に場所に向かえない。

予定が狂った。

なんとか逃げ出して藪の中に入ったは良いが、少年が付いて来た。

困る……。

死ねない。

そうこうしているうちに体も動かなくなり、ぺたりと地面に尻餅をついたら、少年に抱き上げられた。

空気読め？

今、死に際だぞ？

「……行かないで」

そう言うと、アメジストのような瞳から涙がポタポタと流れ落ちる。

いやいやいや寿命だしね？

行くよ。

満足してるし……。

「お願いだから、行かないで……。どこにも行かないで……」
クロマルが住み着いているのは、藪の中。
その藪の近くには十字架が掛けられた大きめの家があって。
そこには子供が何人も住んでいる。
この少年はその一人。
やせっぽちで小さいくせに、必ず食事を残して藪に持って来た。
クロマルの大親友だ。
そいつが泣いてる。
そんなに泣くなよ……。
「……ニャー……」
力を振り絞って鳴いた。
心配になるだろ？
俺がいなくても平気だろ？
ちょっと先に行くだけだ。
お前が来る時は迎えに行ってやる。
だから……。
風が強い日は、シスターに内緒で俺を毛布の中に入れてくれた。
俺が怪我をした時は、ずっと看病してくれた。

そして、少ないご飯から俺の分を分けてくれた。

俺の大親友——

サヨナラだ。

クロマルが眼を瞑った瞬間、黒い雷のような光が明滅し、足下で幾何学模様の何かが浮かび上がった。

魔法大国アクランド王国。魔導師の王と魔導師の王妃と魔導師の王子達が統べる国。

王には古来より六本の剣(つるぎ)がある。

六大侯爵家。

炎を司る紅の魔術師。

水を司る蒼の魔術師。

土を司る黒の魔術師。

風を司る翠の魔術師。

光を司る白の魔術師。

そして闇を従える紫の魔術師。

闇の魔導師は呪われた一族と言われている。

闇の魔導師を大きく大別すると、召喚の魔導師と、刻印の魔導師となる。

細かくはもう少し色々ある訳だが、代表的なもの、よく知られているものがその二つだ。

召喚も刻印も魔法陣を使う事には変わりない。

つまり闇魔導師といえば魔法陣となる。

他の魔導師ももちろん魔法陣を使うのだか、闇魔導師のそれとは規模が違う。

闇魔導師の魔法陣は魔界と繋ぐ訳だから、空気中から水を出したり、炎を出したりするのとは大きさが異なる。

つまり一回一回が大規模で何回も続けて打つものではない。

魔法陣で繋げる場所が、人体か魔界か精神かという訳である。

精神と魔界は果てがないとも言われている。

魂や死後の世界も果てのない世界。


クロマルが気付くと、先程までの息苦しさや体の重さが無くなっていた。

その変わりと言ってはなんだが、目の前で大親友がニコニコ笑っている。

さっきまで泣いてたくせに、まだ眼が赤いくせに、ニコニコしやがって。

まあ。息が苦しくない事に、越したことはない。

体が軽い事に、越したことはない。

親友が泣いていない事に、越したことはない。

友達は、笑ってくれるのが一番だ。

「おい、相棒？」

「……君、しゃべれるの？」

「？」

俺、喋ってるの？

ニャーじゃなくて⁇

クロマルは首を傾ける。

でも、上手く出来ないみたいだ。

首というか、括れというか、がないのかな？

というか？

俺、透けてね？

ぺちょぺちょしてね？

プルプルしてね？

毛がなくね？

「クロマルはブラックスライムになったんだよ」

「？」

何言っちゃってんの？

意味分かんないぞ？

俺は猫だろ？

毛が無いが……。

耳は……あるな……。

猫時代と同じ感じだな。

そこだけ……。

「クロマルの魂はクロマルのまま。体だけブラックスライム」

「……」

それって魔物じゃね？

「体は寿命だったから、体を意志のないブラックスライムにして、心はクロマルのまま」

「……」

やべー。

大変やべー。

俺、死に損なって魔物になったってやつ？

それって猫生より過酷じゃね？

どーすんだよ？

「魔物は僕より長生きだから、これで安心だよ。実はさ、僕。ずっとずっとずーと召喚魔法の研究をしてたんだよ？」

「……なんの為に？」

「クロマルと別れないためでしょ」

「……猫の迷惑考えないと……」

「そんなもの考えないよ？　だってクロマルは、僕のお父さんで、お母さんで、友達で、親友で、命の恩猫だからね」

「……友達と親友って被ってね？」

「クロマル、細かいよ？」

「そうか？」

「街の図書館に通って勉強したんだよ？」

「……ほー。マジか？　大変そうだな」

「大変だったよ。遠いし難しいし禁書だし」

「……禁書……」

「いや――……。禁書が保管してある部屋のドアの鍵を解除する印を作って、入り込んで、禁書に直接印を刻んで文字封印を解いて、大変大変」

あぶねー。

なんつー危ない橋を渡ってるんだよ。

だいじょぶ??

手に縄が回りそうだぞ？

「何か大切なものを守る時って、形振り構ってられないね！」

いや、構えよ！　形と振りは構え。

危ないだろ？

「僕はね――」

少年はブラックスライムを抱き上げる。

「君がいれば――何もいらない。君の柔らかい毛と、君の温かい体と、君の甘い鳴き声があれば、何もいらないんだよ」

俺はもれなくその三点を失っていた。

気付いていないのか？

お前、だいじょぶ？

あとがき

はじめまして、もしくはこんにちは。日向雪と申します。この本をお手にとっていただき、ありがとうございます。これも一つの縁だと思うと、とても嬉しいです。

この作品「紅好き。」あまりに長いので、制作サイドでは「紅すき。」と略して呼んでおりました。略称でも句点（。）はなくならず、なかなかの存在感をはっきりしてくれました。

この作品の誕生は、一年と二ヶ月前のクリスマスまで遡ります。一昨年のクリスマス、一週間前？　くらいに、今年のクリスマスは甘くて甘くて倒れるほど甘い、ケーキ以上の甘味を持った小説が書きたいと、発作的に思いました。それは本当に唐突な思い付きだった訳ですが、冬特有の澄んだ空気だとか、キラキラと光り続けるクリスマスツリーだとか、極寒（？）の中、流れるストリートピアノだったりとか……。（この寒さで何故そんなになめらかに指が動くのだろう？　と野暮なことは考えず）街中が華やぐあの雰囲気と、雪が降ってもおかしくない寒さのコントラストがなぜか寂しい気持ちを運んできませんか？

その楽しさと寂しさには甘い恋愛小説はとても合うのでは？　と飛躍して思い込み、小さな短編を書き上げて二十四日のクリスマスイブにネット上に投稿いたしました。そして投稿したことで、やり切った感に包まれ、ささやかなクリスマスを過ごしておりました。

主に猫を愛でながら音楽を聴き大好きな本を読んでとってっておきのケーキを食べ卓上のミニク

リスマスツリーにうっとりするという、なんといいますかエンタメの多重執行状態を大いに楽しんで年末を迎える心の準備をしておりました。

その頃には投稿していた小説のことは忘れ、頭の中は年末の蕎麦や新年の餅などに割かれ（主に食べ物）猫のためにもこたつが欲しいな、今年こそ買ってみようか？　と検討しておりました。

しかしながら、知らぬうちにその短編が沢山の方に読んでもらえる結果になり、短編があまりの詰め込み状態のお話だったので、長編に直し、毎日少しずつ書き続けてまいりました。幸運なことに、長編の一巻を書き上げた頃に、担当様から出版のお話をいただき、そしてあの短編から一年二ヶ月後、この作品が書籍として皆様のお手元に届くことになりました。


皆様にとって素敵なクリスマス（とっくに過ぎてる？）は、どんなクリスマスですか？

ピアノの音が好きですか？　ヴァイオリンでしょうか？　それともハンドベルとか？

クリスマスツリーのオーナメントは何色が好きですか？

華やかな赤でしょうか？

それとも静かな夜空に合う青でしょうか？

私はあえて光だけというのも好きです。


謝辞です。

私の人生の宝物、二匹の猫様へ。神様が造りたもうたこの最高傑作の生き物は、きっとこの現実の世界を生き抜く為の、人間のお友達なのでしょう。辛い時も悲しい時も（どっちも一緒）側にいてくれて、いつもその毛皮で温めてくれる優しく尊い生き物。耳が可愛い。尻尾が可愛い。顔を洗う仕草が可愛い。ふわふわのお腹が可愛い。手が可愛い（前足）。耳が（二度目）。君達がいれば、どうにかこうにか生きてゆけます。この空の下、私達の友達がどうか幸せでありますように。

担当編集のF様。星の数ほどある作品の中から、この作品を選び御連絡をくれたことに感謝しております。担当様というのは本の総合プロデューサーです。担当様が違えば本は別物になるというのが私の持論です。素敵な絵を、素敵な装丁を、素敵な出会いをありがとうございます。最高の本に仕上げて頂きました。そしてとても優しい。作家の心は簡単にポキリと折れる性質がありますが（人による）、最初から最後まで最高級のフォローをして頂きました。F様だから今まで執筆出来たのだと思います。

イラストレーターの鳴鹿様。担当様にお話を頂いた時、即決させて頂きました。私は絵にキャラクターの心が入ったイラストが好きで、ロレッタやルーシュやシリルは鳴鹿様に仕上げて頂いたと思っております。素敵な絵をありがとうございます。一番のお気に入りは二巻カバーのシリルです（!?）

副担当編集のH様、装丁様、校閲様、この作品に関わった全ての皆様に御礼申し上げます。

そして読者の皆様。皆様にとってこの作品が、ささやかな心の楽しみになって頂けますように。

令和五年十二月吉日

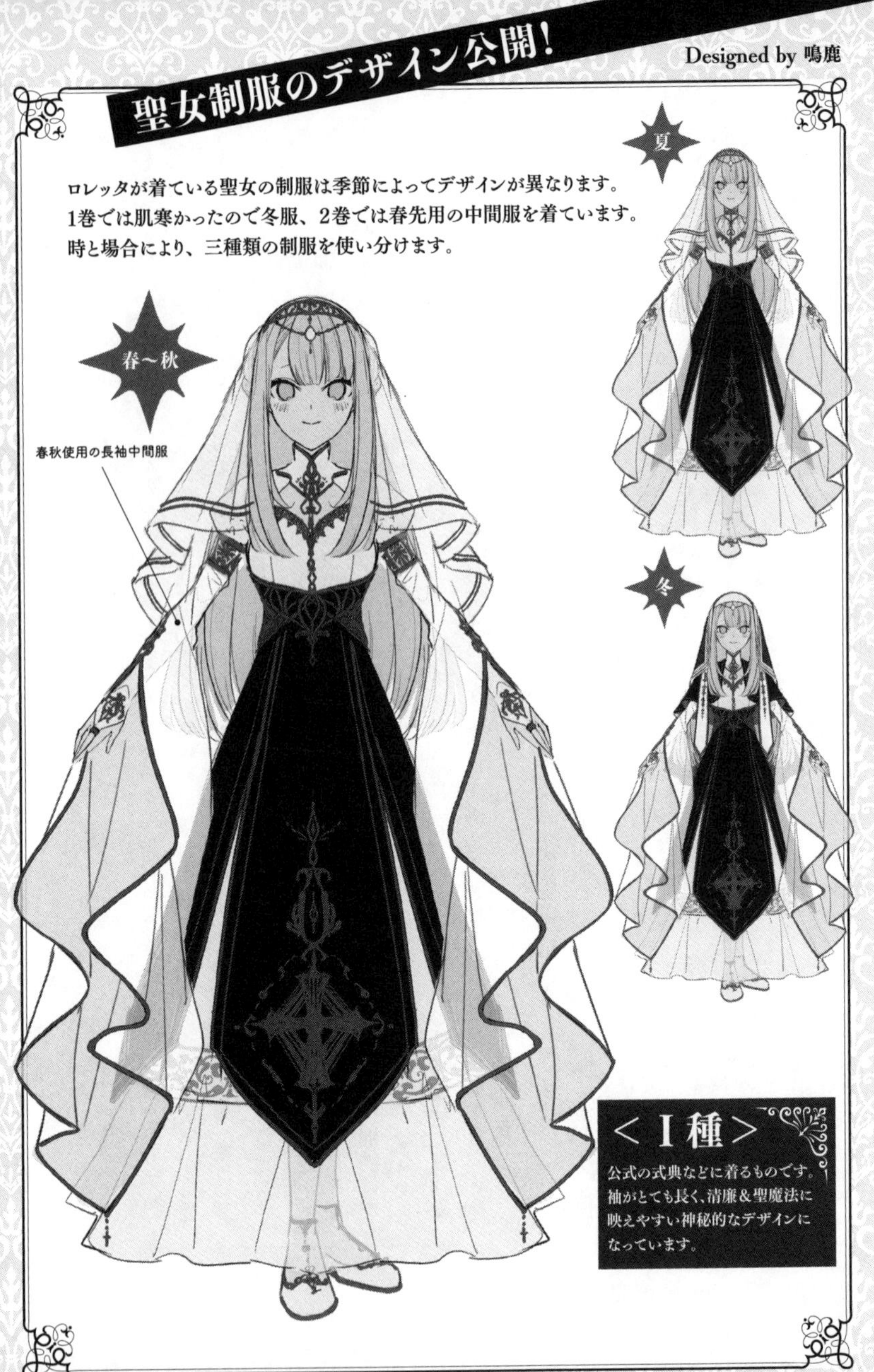
聖女制服のデザイン公開！
Designed by 鳴鹿
ロレッタが着ている聖女の制服は季節によってデザインが異なります。
1巻では肌寒かったので冬服、2巻では春先用の中間服を着ています。
時と場合により、三種類の制服を使い分けます。
春～秋
春秋使用の長袖中間服
夏
冬
＜Ⅰ種＞
公式の式典などに着るものです。
袖がとても長く、清廉＆聖魔法に
映えやすい神秘的なデザインに
なっています。

冬
夏
春〜秋
第二聖女の証としてベールに
二本の線が入っています。
第一聖女は真珠色に輝く
一本線が太く入ります。
第三聖女からは
線が入りません。
暖かいボレロ付き
肩が出る
涼しいデザイン
＜Ⅱ種＞
孤児院に訪問する時など、
学園外に出る時に着ます。
長い袖を付けない仕様になります。

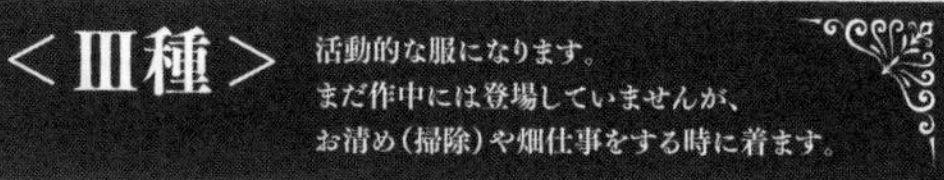
＜Ⅲ種＞
活動的な服になります。
まだ作中には登場していませんが、
お清め（掃除）や畑仕事をする時に着ます。

次巻予告
おい、うちの侍女を（王子、）
唆すな
私のお役目を
著
日向雪
イラスト
鳴鹿
紅の魔術師に
全てを注ぎます。
好き。
聖女の力を軽く見積もられ
婚約破棄されました。
後悔しても知りません
2
発売！

教えて下さい！
ポーションは口移しで
頼めるか？
紅の魔術師ルーシュ様、雷の魔術師シリル様と
なぜか魔法士に扮してとある孤児院を訪問することになりました。
でもお二人とも私に何か隠してないですか……？
？？
第2巻2024年夏

小説
第16巻
2024年 春
発売！
シリーズ累計
200万部
突破！
（紙＋電子）
絶賛
配信中！
帝国物語
餅月望――著
Gilse――イラスト
式HPへ！

ティアムーン帝国物語
ティアムーン帝国物語
ティアムーン帝国物語
ティアムーン帝国物語
ティアムーン帝国物語
ティアムーン帝国物語
ティアムーン帝国物語
漫画：杜乃ミズ
コミックス
第8巻
2024年 春
発売！
各配信サイトにて
TVアニメ
ティアムーン
断頭台から始まる、
姫の転生逆転ストーリー
詳しくは公

「白豚貴族」シリーズ

NOVELS

第11巻 2024年 2月15日 発売！

イラスト：keepout

TO JUNIOR-BUNKO

第3巻 2024年春 発売！

※第2巻カバー　イラスト：玖珂つかさ

STAGE

第2弾DVD 2024年 3月29日 発売！

予約受付中▶

AUDIO BOOK

第1巻 2024年 2月15日 発売！

紅の魔術師に全てを注ぎます。好き。
～聖女の力を軽く見積もられ婚約破棄されました。後悔しても知りません～

2024年2月1日　第1刷発行

著　者　日向雪

発行者　本田武市

発行所　TOブックス
〒150-0002
東京都渋谷区渋谷三丁目1番1号　PMO渋谷Ⅱ　11階
TEL 0120-933-772（営業フリーダイヤル）
FAX 050-3156-0508

印刷・製本　中央精版印刷株式会社

ISBN978-4-86794-076-1